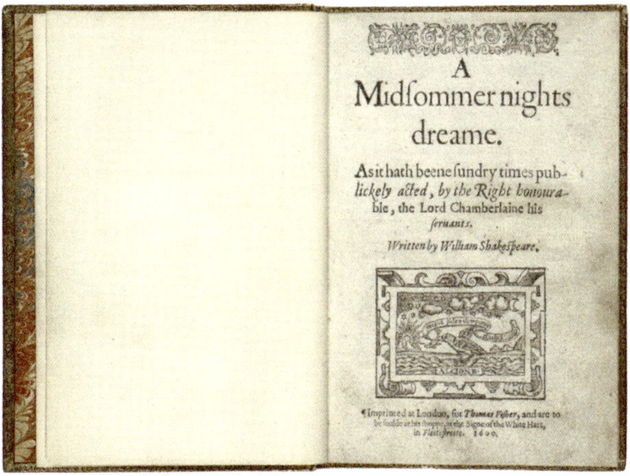

The title page from the first quarto of A Midsummer Night's Dream, printed in 1600.

1600 年印刷的四卷本《仲夏夜之梦》，第一部扉页。

Oberon and Titania on lily，by William Blake,1790.
奥布朗和提泰妮娅在百合花上。威廉·布莱克作品，*1790*。

Oberon, Titania and Puck with Fairies Dancing by William Blake, 1786.
奥布朗、提泰妮娅和顽皮的小精灵与仙女共舞。威廉·布莱克作品，*1786*。

The Quarrel of Oberon and Titania by Sir Joseph Noel Paton , 1849.
奥布朗，提泰妮娅的争吵，约瑟夫・诺埃尔・佩顿爵士作品 , *1849*。

Titania and Bottom By Edwin Landseer, 1848.Scene from A Midsummer Night's Dream.
《提泰妮娅和波顿》是 *1851* 年由英国艺术家埃德温·兰西（*Edwin Landseer*）绘制的油画。《仲夏夜之梦》的第三幕。兰西主要以他的动物画而闻名，这是他唯一一幅以童话为主题的作品。

The Awakening of the Fairy Queen Titania by Henry Fuseli,1775-1790.
精灵女王提泰妮娅的苏醒。亨利・富塞利作品，*1775-1790*。

A drawing of Puck, Titania and Bottom in A Midsummer Night's Dream from Act III, Scene II by Charles Buchel, 1905.
“我的情人和一个野兽坠入了爱河。”精灵、提泰妮娅和波顿在《仲夏夜之梦》中的场景，第三幕、第二场景。查尔斯·蒲式耳作品，*1905*。

Act II, Scene 2 of William Shakespeare's A Midsummer Night's Dream.
《仲夏夜之梦》第二幕，第二场景。

Hermia and Lysander by John Simmons ,1870.
赫米娅和拉山德，约翰·西蒙斯作品，*1870*。

Scene from A Midsummer Night's Dream by John Simmons , 1873.
水彩画《仲夏夜之梦》中的场景。约翰·西蒙斯作品，1873。

"Midsummer Nights Dream Act IV Scene I-A wood - Titiania, queen of the fairies, Bottom, fairies attending & etc."，*1796.*
《仲夏夜之梦》第四幕，场景一，铜版画，*1796*。

Midsummer Eve by Edward Robert Hughes ,1908c.
仲夏夜的夏娃，爱德华·罗伯特·休斯作品，*1908*。

William Shakespeare

1564-1616

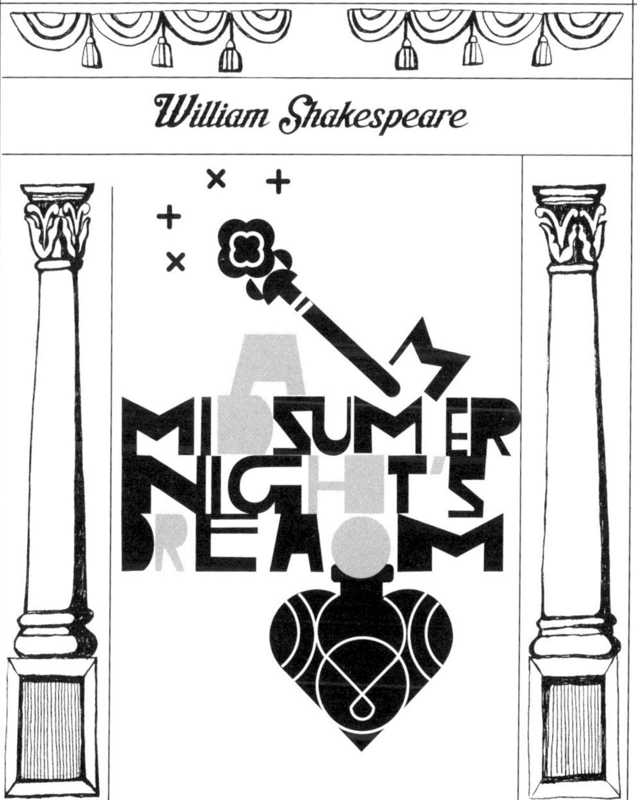

仲夏夜之梦

[英]威廉·莎士比亚 著

朱生豪 译

作家出版社

目　录

剧中人物

忒修斯	雅典公爵
伊吉斯	赫米娅之父
拉山德、狄米特律斯	同恋赫米娅
菲劳斯特莱特	忒修斯的掌戏乐之官
昆斯	木匠
斯纳格	细工木匠
波顿	织工
弗鲁特	修风箱者
斯诺特	补锅匠
斯塔佛林	裁缝
希波吕忒	阿玛宗女王，忒修斯之未婚妻
赫米娅	伊吉斯之女，恋拉山德
海丽娜	恋狄米特律斯

奥布朗	仙王
提泰妮娅	仙后
迫克	又名好人儿罗宾
豆花、蛛网、飞蛾、芥子	小神仙
其他侍奉仙王仙后的小仙人们	忒修斯及希波吕忒的侍从

地　点

雅典及附近的森林

第　一　幕

第一场

雅典。忒修斯宫中

忒修斯、希波吕忒、菲劳斯特莱特及侍从等上。

忒修斯 美丽的希波吕忒，现在我们的婚期已快要临近了，再过四天幸福的日子，新月便将出来；但是唉！这个旧的月亮消逝得多么慢，她耽延了我的希望，像一个老而不死的后母或寡妇，尽是消耗着年轻人的财产。

希波吕忒 四个白昼很快地便将成为黑夜，四个黑夜很快地可以在梦中消度过去，那时月亮便将像新弯的银弓一样，在天上临视我们的良宵。

忒修斯 去，菲劳斯特莱特，激起雅典青年们的欢笑的心情，唤醒了活泼泼的快乐精神，把忧愁驱到坟墓里去，那个脸色惨白的家伙，是不应该让他参加在我们的结婚行列中的。（菲劳斯特莱特下）希波吕忒，我用我的剑向你求婚，用威力的侵凌赢得了你的芳心，但这次我要换一个调子，我将用豪华、夸耀和狂欢来举行我们的婚礼。

伊吉斯、赫米娅、拉山德、狄米特律斯上。

伊吉斯 威名远播的忒修斯公爵，祝您幸福！

忒修斯 谢谢你，善良的伊吉斯。你有什么事情？

伊吉斯 我怀着满心的气恼，来控诉我的孩子，我的女儿赫米娅。走上前来，狄米特律斯。殿下，这个人，是我答应把我女儿嫁给他的。走上前来，拉山德。殿下，这个人引诱坏了我的孩子。你，你，拉山德，你写诗句给我的孩子，和她交换着爱情的纪念物；你在月夜到她的窗前用做作的声调歌唱着假作多情的诗篇；你用头发编成的腕环、戒指、虚华的饰物、琐碎的玩具、花束、糖果——这些可以强烈地骗诱一个稚嫩的少女之心的“信使”来偷得她的痴情；你用诡计盗取了她的心，煽惑她使她对我的顺从变成倔强的顽抗。殿下，假如她现在当着您的面仍旧不肯嫁给狄米特律斯，我就要要求雅典自古相传的权利，因为她是我的女儿，我可以随意处置她，按照我们的法律，逢到这样的情况，她要是不嫁给这位绅士，便应当立时处死。

忒修斯 你有什么话说，赫米娅？当心一点吧，美貌的姑娘！你的父亲对于你应当是一尊神明，你的美貌是他给予的，你就像在他手中捏成的一块蜡像，他可以保全你，也可以毁灭你。狄米特律斯是一个很好的绅士呢。

赫米娅 拉山德也很好啊。

忒修斯 他本人当然很好，但是要做你的丈夫，如果不能得到你父亲的同意，那么比起来他就要差一筹了。

赫米娅 我真希望我的父亲和我有同样的看法。

忒修斯 实在还是你应该依从你父亲的看法才对。

赫米娅 请殿下宽恕我！我不知道是一种什么力量使我如此大胆，也不知道在这里披诉我的心思将会怎样影响到我的美名，但是我要敬问殿下，要是我拒绝嫁给狄米特律斯，就会有什么最恶的命运临到我的头上？

忒修斯　不是受死刑，便是永远和男人隔绝。因此，美丽的赫米娅，仔细问一问你自己的心愿吧！考虑一下你的青春，好好地估量一下你血脉中的搏动。倘然不肯服从你父亲的选择，想想看能不能披上尼姑的道服，终生幽闭在阴沉的庵院中，向着凄凉寂寞的明月唱着暗淡的圣歌，做一个孤寂的修道女了此一生？她们能这样抑制热情，到老保持处女的贞洁，自然应当格外受到上天的眷宠，但是结婚的女子有如被采下炼制过的玫瑰，香气留存不散，比之孤独地自开自谢，奄然朽腐的花儿，在尘俗的眼光看来，总是要幸福得多了。

赫米娅　就让我这样自开自谢吧，殿下，我不愿意把我的贞操奉献给我心里并不敬服的人。

忒修斯　回去仔细考虑一下。等到新月初生的时候——我和我的爱人缔结永久的婚约的一天——你必须做出决定，倘不是因为违抗你父亲的意志而准备一死，便是听从他而嫁给狄米特律斯，否则就得在狄安娜的神坛前立誓严守戒律，终身不嫁。

狄米特律斯　悔悟吧，可爱的赫米娅！拉山德，放弃你那没有理由的要求，不要再跟我确定了的权利抗争吧！

拉山德　你已经得到她父亲的爱，狄米特律斯，让我保有着赫米娅的爱吧。你去跟她的父亲结婚好了。

伊吉斯　无礼的拉山德！一点不错，我欢喜他，我愿意把属于我所有的给他。她是我的，我要把我在她身上的一切权利都授给狄米特律斯。

拉山德　殿下，我和他出身一样好；我和他一样有钱；我的爱情比他深得多；我的财产即使不比狄米特律斯更多，也决不会比他少；比起这些来更值得夸耀的是，美丽的赫米娅爱的是我。那么为什么我不能享有我的权利呢？讲到狄米特律斯，我可以当他的面宣布，他曾经向奈达的女儿海丽娜调过情，把她弄得神魂颠倒，那位可爱的姑娘还痴心地恋着他，把这个缺德的负心汉当偶像一样崇拜。

忒修斯 的确我也听到过不少闲话，曾经想和狄米特律斯谈谈这件事，但是因为自己的事情太多，所以忘了。来，狄米特律斯。来，伊吉斯。你们两人跟我来，我有些私人的话要开导你们。你，美丽的赫米娅，好好准备着，丢开你的情思，依从你父亲的意志，否则雅典的法律将要把你处死，或者使你宣誓独身，我们没有法子变更这条法律。来，希波吕忒。怎样，我的爱人？狄米特律斯和伊吉斯，走吧，我必须差你们为我们的婚礼办些事，还要跟你们商量一些和你们有点关系的事。

伊吉斯 我们敢不欣然跟从殿下。（除拉山德、赫米娅外均下。）

拉山德 怎么啦，我的爱人！为什么你的脸颊这样惨白？你脸上的蔷薇怎么会凋谢得这样快？

赫米娅 多半是因为缺少雨露，但我眼中的泪涛可以灌溉它们。

拉山德 唉！我在书上读到的，在传说或历史中听到的，真正的爱情，所走的道路永远是崎岖多阻，不是因为血统的差异——

赫米娅　　不幸啊，尊贵的要向微贱者屈节臣服！

拉山德　　便是因为年龄上的悬殊——

赫米娅　　可憎啊，年老的要和年轻人发生关系！

拉山德　　或者因为信从了亲友们的选择——

赫米娅　　倒霉啊，选择爱人要依赖他人的眼光！

拉山德　　或者，即使彼此两情悦服，但战争、死亡或疾病却侵害着它，使它像一个声音、一片影子、一段梦、黑夜中的一道闪电那样短促，在一刹那间展现了天堂和地狱，但还来不及说一声“瞧啊！”黑暗早已张开口把它吞噬了。光明的事物，总是那样很快地变成了混沌。

赫米娅　　既然真心的恋人们永远要受磨折似乎已是一条命运的定律，那么让我们练习着忍耐吧。因为这种磨折，正和忆念、幻梦、叹息、希望和哭泣一样，都是可怜的爱情缺不了的随从者。

拉山德　　你说得很对。听我的吧，赫米娅。我有一个寡居的伯母，很有钱，却没有儿女，她看待我就像亲生的独子一样。她的家离开雅典二十里路，温柔的赫米娅，我可以在那边和你结婚，雅典法律的利爪不能追及我们。要是你爱我，请你在明天晚上溜出你父亲的屋子，走到郊外三里路地方的森林里——我就是在那边遇见你和海丽娜一同庆祝五月节[①]的——我将在那面等你。

赫米娅 我的好拉山德！凭着丘比特的最坚强的弓，凭着他的金镞的箭，凭着维纳斯的鸽子的纯洁，凭着那结合灵魂、祐祐爱情的神力，凭着古代迦太基女王焚身的烈火，当她看见她那负心的特洛亚人扬帆而去的时候，凭着一切男子所毁弃的约誓——那数目是远超过于女子所曾说过的，我向你发誓，明天一定会到你所指定的那地方和你相会。

拉山德 愿你不要失约，情人。瞧，海丽娜来了。

海丽娜上。

赫米娅 上帝保佑美丽的海丽娜！你到哪里去？

① 英国旧俗于五月一日早起以露盥身，采花唱歌。

海丽娜	你称我“美丽”吗？请你把那两个字收回了吧！狄米特律斯爱着你的美丽。幸福的美丽啊！你的眼睛是两颗明星，你的甜蜜的声音比之小麦青青、山楂蓓蕾的时节送入牧人耳中的云雀之歌还要动听。疾病是能染人的，唉！要是美貌也能传染的话，美丽的赫米娅，我但愿染上你的美丽：我要用我的耳朵捕获你的声音，用我的眼睛捕获你的睇视，用我的舌头捕获你那柔美的旋律。要是除了狄米特律斯之外，整个世界都是属于我所有，我愿意把一切捐弃，但求化身为你。啊！教给我怎样流转眼波，用怎么一种魔力操纵着狄米特律斯的心？
赫米娅	我向他皱着眉头，但是他仍旧爱我。
海丽娜	唉，要是你的颦蹙能把那种本领传授给我的微笑就好了！
赫米娅	我给他咒骂，但他给我爱情。
海丽娜	唉，要是我的祈祷也能这样引动他的爱情就好了！
赫米娅	我越是恨他，他越是跟随着我。

海丽娜 我越是爱他，他越是讨厌我。

赫米娅 海丽娜，他的傻并不是我的错。

海丽娜 但那是你的美貌的错处，要是那错处是我的就好了！

赫米娅 宽心吧，他不会再见我的脸了，拉山德和我将要逃开此地。在我不曾遇见拉山德之前，雅典对于我就像是一座天堂。啊，我的爱人身上，存在着一种多么神奇的力量，竟能把天堂变成一座地狱！

拉山德 海丽娜，我们不愿瞒你。明天夜里，当月亮在镜波中反映她的银色的容颜、晶莹的露珠点缀在草叶尖上的时候——那往往是情奔最适当的时候，我们预备溜出雅典的城门。

赫米娅 我的拉山德和我将要相会在林中，就是你我常常在那边淡雅的樱草花的花坛上躺着彼此吐露柔情的衷曲的所在，从那里我们便将离别雅典，去访寻新的朋友，和陌生人做伴了。再会吧，亲爱的游侣！请你为我们祈祷，愿你重新得到狄米特律斯的心！不要失约，拉山德。我们现在必须暂时忍受一下离别的痛苦，到明晚夜深时再见面吧！

拉山德　一定的，我的赫米娅。（赫米娅下）海丽娜，别了，如同你恋着他一样，但愿狄米特律斯也恋着你！（下。）

海丽娜　有些人比起其他的人来是多么幸福！在全雅典大家都认为我跟她一样美，但那有什么相干呢？狄米特律斯是不这么认为的。除了他一个人之外大家都知道的事情，他不会知道。正如他那样错误地迷恋着赫米娅的秋波一样，我也是只知道爱慕他的才智，一切卑劣的弱点，在恋爱中都成为无足重轻，而变成美满和庄严。爱情是不用眼睛而用心灵看着的，因此生着翅膀的丘比特常被描成盲目，而且爱情的判断全然没有理性，光有翅膀，不生眼睛，一味表示出鲁莽的急躁，因此爱神便据说是一个孩儿，因为在选择方面他常会弄错。正如顽皮的孩子惯爱发假誓一样，司爱情的小儿也到处赌着口不应心的咒。狄米特律斯在没有看见赫米娅之前，也曾像下雹一样发着誓，说他是完全属于我的，但这阵冰雹一感到身上的一丝热力，便立刻溶解了，无数的盟言都化为乌有。我要去告诉他美丽的赫米娅的出奔，他知道了以后，明夜一定会到林中去追寻她。如果为着这次的通报消息，我能得到一些酬谢，我的代价也一定不小，但我的目的是要补报我的苦痛，使我能再一次聆接他的音容。（下。）

第二场

同前。昆斯家中

昆斯、斯纳格、波顿、弗鲁特、斯诺特、斯塔佛林上。

昆斯 咱们一伙人都到了吗?

波顿 你最好照着名单一个儿一个儿拢总地点一下名。

昆斯 这儿是每个人名字都在上头的名单，整个雅典都承认，在公爵跟公爵夫人结婚那晚上当着他们的面前扮演咱们这一出插戏，这张名单上的弟兄们是再合适也没有的了。

波顿 第一，好彼得·昆斯，说出来这出戏讲的是什么，然后再把扮戏的人名字念出来，好有个头脑。

昆斯 好，咱们的戏名是《最可悲的喜剧，以及皮拉摩斯和提斯柏的最残酷的死》。

波顿 那一定是篇出色的东西，咱可以担保，而且是挺有趣的。现在，好彼得·昆斯，照着名单把你的角儿们的名字念出来吧。列位，大家站开。

昆斯 咱一叫谁的名字，谁就答应。尼克·波顿，织布的。

波顿 有。先说咱应该扮哪一个角儿，然后再挨次叫下去。

昆斯 你，尼克·波顿，派着扮皮拉摩斯。

波顿 皮拉摩斯是谁呀？一个情郎呢，还是一个霸王？

昆斯 是一个情郎，为着爱情的缘故，他挺勇敢地把自己毁了。

波顿 要是演得活灵活现，那还得掉下几滴泪来。要是咱演起来的话，让看客们大家留心着自个儿的眼睛吧，咱要叫全场痛哭流涕，管保风云失色。把其余的人叫下去吧。但是扮霸王挺适合咱的胃口了。咱会把厄剌克勒斯扮得非常好，或者什么吹牛的角色，管保吓破了人的胆。

山岳狂怒的震动，
裂开了牢狱的门；
太阳在远方高升，
慑服了神灵的魂。

那真是了不得！现在把其余的名字念下去吧。这是厄剌克勒斯的神气，霸王的神气。情郎还得忧愁一点。

昆斯 法兰西斯·弗鲁特，修风箱的。

弗鲁特 有，彼得·昆斯。

昆斯 你得扮提斯柏。

弗鲁特 提斯柏是谁呀？一个游行的侠客吗？

昆斯 那是皮拉摩斯必须爱上的姑娘。

弗鲁特 哦，真的，别叫咱扮一个娘儿们，咱的胡子已经长起来啦。

昆斯 那没有问题，你得套上假脸扮演，你可以小着声音讲话。

波顿 咱也可以把脸孔罩住，提斯柏也让咱来扮吧。咱会细声细气地说话，“提斯妮！提斯妮！”“啊呀！皮拉摩斯，奴的情哥哥，是你的提斯柏，你的亲亲爱爱的姑娘！”

昆斯 不行，不行，你必须扮皮拉摩斯。弗鲁特，你必须扮提斯柏。

波顿 好吧，叫下去。

昆斯 罗宾·斯塔佛林，当裁缝的。

斯塔佛林 有，彼得·昆斯。

昆斯 罗宾·斯塔佛林，你扮提斯柏的母亲。汤姆·斯诺特，补锅子的。

斯诺特 有，彼得·昆斯。

昆斯 你扮皮拉摩斯的爸爸。咱自己扮提斯柏的爸爸。斯纳格，做细木工的，你扮一只狮子：咱想这本戏就此分配好了。

斯纳格 你有没有把狮子的台词写下？要是有的话，请你给我，因为我记性不大好。

昆斯 你不用预备，你只要嚷嚷就够了。

波顿 让咱也扮狮子吧。咱会嚷嚷，叫每一个人听见了都非常高兴。咱会嚷着嚷着，连公爵都传下谕旨来说："让他再嚷下去吧！让他再嚷下去吧！"

昆斯 你要嚷得那么可怕，吓坏了公爵夫人和各位太太小姐们，吓得她们尖声叫起来，那准可以把咱们一起给吊死了。

众人 那准会把咱们一起给吊死，每一个母亲的儿子都逃不了。

波顿 朋友们，你们说得很是，要是你把太太们吓昏了头，她们一定会不顾三七二十一把咱们给吊死。但是咱可以把声音压得高一些，不，提得低一些，咱会嚷得就像一只吃奶的小鸽子那么的温柔，嚷得就像一只夜莺。

昆斯 你只能扮皮拉摩斯，因为皮拉摩斯是一个讨人欢喜的小白脸，一个体面人，就像你可以在夏天看到的那种人，他又是一个可爱的堂堂绅士模样的人，因此你必须扮皮拉摩斯。

波顿 行，咱就扮皮拉摩斯。顶好咱挂什么须？

昆斯 那随你便吧。

波顿 咱可以挂你那稻草色的须，你那橙黄色的须，你那紫红色的须，或者你那法国金洋钱色的须，纯黄色的须。

昆斯 你还是光着脸蛋吧。列位，这儿是你们的台词。咱请求你们，恳求你们，要求你们，在明儿夜里念熟，趁着月光，在郊外一里路地方的禁林里咱们碰头，在那边咱们要排练排练，因为要是咱们在城里排练，就会有人跟着咱们，咱们的玩意儿就要泄漏出去。同时咱要开一张咱们演戏所需要的东西的单子。请你们大家不要误事。

波顿 咱们一定在那边碰头，咱们在那边排练起来可以像样点儿，胆大点儿。大家辛苦干一下，要干得非常好。再会吧。

昆斯 咱们在公爵的橡树底下再见。

波顿 好了，可不许失约。（同下。）

第 二 幕

第一场

雅典附近的森林

一小仙及迫克自相对方向上。

迫克　　喂，精灵！你飘流到哪里去？

小仙　　越过了谿谷和山陵，
穿过了荆棘和丛薮，
越过了围场和园庭，
穿过了激流和爝火：
我在各地漂游流浪，
轻快得像是月亮光；
我给仙后奔走服务，
草环[①]上缀满轻轻露。
亭亭的莲馨花是她的近侍，

① 野地上有时发现环形的茂草，传谓仙人夜间在此跳舞所成。

黄金的衣上饰着点点斑痣；
那些是仙人们投赠的红玉，
中藏着一缕缕的芳香馥郁；
我要在这里访寻几滴露水，
给每朵花挂上珍珠的耳坠。
再会，再会吧，你粗野的精灵！
因为仙后的大驾快要来临。

迫克　今夜大王在这里大开欢宴，
千万不要让他俩彼此相见；
奥布朗的脾气可不是顶好，
为着王后的固执十分着恼；
她偷到了一个印度小王子，
就像心肝一样怜爱和珍视；
奥布朗看见了有些儿眼红，
想要把他充作自己的侍童；
可是她哪里便肯把他割爱，
满头花朵她为他亲手插戴。
从此林中、草上、泉畔和月下，
他们一见面便要破口相骂；
小妖们往往吓得胆战心慌，
没命地钻向橡斗中间躲藏。

小仙　要是我没有把你认错，你大概便是名叫罗宾好人儿的狡狯的、淘气的精灵了。你就是惯爱吓唬乡村的女郎，在人家的牛乳上撮去了乳脂，使那气喘吁吁的主妇整天也搅不出奶油来；有时你暗中替人家磨谷，有时弄坏了酒使它不能发酵；夜里走路的人，你把他们引入了迷路，自己却躲在一旁窃笑；谁叫你“大仙”或是“好迫克”的，你就给他幸运，帮他做工：那就是你吗？

迫克　仙人，你说得正是，我就是那个快活的夜游者。我在奥布朗跟前想出种种笑话来逗他发笑，看见一头肥胖精壮的马儿，我就学着雌马的嘶声把它迷昏了头；有时我化作一颗焙熟的野苹果，躲在老太婆的酒碗里，等她举起碗想喝的时候，我就啪的弹到她嘴唇上，把一碗麦酒都倒在她那皱瘪的喉皮上；有时我化作三脚的凳子，满肚皮人情世故的婶婶刚要坐下来一本正经讲她的故事，我便从她的屁股底下滑走，把她翻了一个大元宝，一头喊“好家伙！”一头咳呛个不住，于是周围的人大家笑得前仰后合，他们越想越好笑，鼻涕眼泪都笑了出来，发誓说从来不曾逢到过比这更有趣的事。但是让开路来，仙人，奥布朗来了。

小仙 娘娘也来了。他要是走开了才好！

奥布朗及提泰妮娅各带侍从自相对方向上。

奥布朗 真不巧又在月光下碰见你，骄傲的提泰妮娅！

提泰妮娅 嘿，嫉妒的奥布朗！神仙们，快快走开，我已经发誓不和他同游同寝了。

奥布朗 等一等，坏脾气的女人！我不是你的夫君吗？

提泰妮娅 那么我也一定是你的尊夫人了。但是你从前溜出了仙境，扮作牧人的样子，整天吹着麦笛，唱着情歌，向风骚的牧女调情，这种事我全知道。今番你为什么要从迢迢的印度平原上赶到这里来呢？无非是为着那位身材高大的阿玛宗女王，你的穿靴子的爱人，要嫁给忒修斯了，所以你得来向他们道贺道贺。

奥布朗 你怎么好意思说出这种话来，提泰妮娅，把我的名字和希波吕忒牵涉在一起侮蔑我？你自己知道你和忒修斯的私情瞒不过我。不是你在朦胧的夜里引导他离开被他所俘虏的佩丽古娜？不是你使他负心地遗弃了美丽的伊葛尔、爱丽亚邓和安提奥巴？

提泰妮娅 这些都是因为嫉妒而捏造出来的谎话。自从仲夏之初，我们每次在山上、谷中、树林里、草场上、细石铺底的泉旁或是海滨的沙滩上聚集，预备和着鸣啸的风声跳环舞的时候，总是被你吵断我们的兴致。风因为我们不理会他的吹奏，生了气，便从海中吸起了毒雾；毒雾化成瘴雨下降地上，使每一条小小的溪河都耀武扬威地泛滥到岸上：因此牛儿白白牵着轭，农夫枉费了他的血汗，青青的嫩禾还没有长上芒须便腐烂了；空了的羊栏露出在一片汪洋的田中，乌鸦饱啖着瘟死了的羊群的尸体；跳舞作乐的草泥坂上满是湿泥，杂草乱生的曲径因为没有人行走，已经无法辨认。人们在五月天要穿冬季的衣服；晚上再听不到欢乐的颂歌。执掌潮汐的月亮，因为再也听不见夜间颂神的歌声，气得脸孔发白，在空气中播满了湿气，人一沾染上就要害风湿症。因为天时不正，季候也反了常：白头的寒霜倾倒在红颜的蔷薇的怀里，年迈的冬神却在薄薄的冰冠上嘲讽似的缀上了夏天芬芳的蓓蕾的花环。春季、夏季、丰收的秋季、暴怒的冬季，都改换了他们素来的装束，惊愕的世界不能再凭着他们的出产辨别出谁是谁来。这都因为我们的不和所致，我们是一切灾祸的根源。

奥布朗 那么你就该设法补救，这全然在你的手中。为什么提泰妮娅要违拗她的奥布朗呢？我所要求的，不过是一个小小的换儿[①]做我的侍童罢了。

提泰妮娅 请你死了心吧，拿整个仙境也不能从我手里换得这个孩子。他的母亲是我神坛前的一个信徒，在芬芳的印度的夜里，她常常

① 传说仙人常于夜间将人家美丽的小儿窃去，以愚蠢的妖童换置其处。

在我身旁闲谈，陪我坐在海边的黄沙上，凝望着海上的商船。我们一起笑着，看那些船帆因狂荡的风而怀孕，一个个凸起了肚皮。她那时正也怀孕着这个小宝贝，便学着船帆的样子，美妙而轻快地凌风而行，为我往岸上寻取各种杂物，回来时就像航海而归，带来了无数的商品。但她因为是一个凡人，所以在产下这孩子时便死了。为着她的缘故我才抚养她的孩子，也为着她的缘故我不愿舍弃他。

奥布朗 你预备在这林中耽搁多少时候？

提泰妮娅 也许要到忒修斯的婚礼以后。要是你肯耐心地和我们一起跳舞，看看我们月光下的游戏，那么跟我们一块儿走吧。不然的话，请你不要见我，我也决不到你的地方来。

奥布朗 把那个孩子给我，我就和你一块儿走。

提泰妮娅 把你的仙国跟我调换都别想。神仙们，去吧！要是我再多留一刻，我们就要吵起来了。（率侍从下。）

奥布朗 好，去你的吧！为着这次的侮辱，我一定要在你离开这座林子之前给你一些惩罚。

我的好迫克，过来。你记不记得有一次我坐在一个海岬上，望见一个美人鱼骑在海豚的背上，她的歌声是这样婉转而谐美，镇静了狂暴的怒海，好几个星星都疯狂地跳出了它们的轨道，为了听这海女的音乐？

迫克 我记得。

奥布朗 就在那个时候，你看不见，但我能看见持着弓箭的丘比特在冷月和地球之间飞翔，他瞄准了坐在西方宝座上的一个美好的童贞女，很灵巧地从他的弓上射出他的爱情之箭，好像它能刺透十万颗心的样子。可是只见小丘比特的火箭在如水的冷洁的月光中熄灭，那位童贞的女王心中一尘不染，沉浸在纯洁的思念中安然无恙。但是我看见那支箭却落下在西方一朵小小的花上，那花本来是乳白色的，现在已因爱情的创伤而被染成紫色，少女们把它称作“爱懒花”。去给我把那花采来。我曾经给你看过它的样子，它的汁液如果滴在睡着的人的眼皮上，无论男女，醒来一眼看见什么生物，都会发疯似的对它恋爱。给我采这种花来，在鲸鱼还不曾游过三里路之前，必须回来复命。

迫克 我可以在四十分钟内环绕世界一周。（下。）

奥布朗 这种花汁一到了手，我便留心着等提泰妮娅睡了的时候把它滴在她的眼皮上，她一醒来第一眼看见的东西，无论是狮子也好，熊也好，狼也好，公牛也好，或者好事的猕猴、忙碌的无尾猿也好，她都会用最强烈的爱情追求它。我可以用另一种草解去这种魔力，但第一我先要叫她把那个孩子让给我。可是谁到这儿来啦？凡人看不见我，让我听听他们的谈话。

狄米特律斯上，海丽娜随其后。

狄米特律斯 我不爱你，所以别跟着我。拉山德和美丽的赫米娅在哪儿？我要把拉山德杀死，但我的命却悬在赫米娅手中。你对我说他们私奔到这座林子里，因此我赶到这儿来，可是因为遇不见我的赫米娅，我简直要在这林子里发疯啦。滚开！快走，不许再跟着我！

海丽娜　是你吸引我跟着你的，你这硬心肠的磁石！可是你所吸的却不是铁，因为我的心像钢一样坚贞。要是你去掉你的吸引力，那么我也就没有力量再跟着你了。

狄米特律斯　是我引诱你吗？我曾经向你说过好话吗？我不是曾经明明白白地告诉过你，我不爱你，而且也不能爱你吗？

海丽娜　即使那样，也只是使我爱你爱得更加厉害。我是你的一条狗，狄米特律斯，你越是打我，我越是向你献媚。请你就像对待你的狗一样对待我吧，踢我、打我、冷淡我、不理我，都好，只容许我跟随着你，虽然我是这么不好。在你的爱情里我要求的地位还能比一条狗都不如吗？但那对于我已经是十分可贵了。

狄米特律斯　不要过分惹起我的厌恨吧，我一看见你就头痛。

海丽娜　可是我不看见你就心痛。

狄米特律斯　你太不顾虑你自己的体面了，竟擅自离开城中，把你自己交托在一个不爱你的人手里，你也不想想你的贞操多么值钱，就在黑夜中这么一个荒凉的所在盲目地听从着不可知的命运。

海丽娜 你的德行使我安心这样做：因为当我看见你面孔的时候，黑夜也变成了白昼，因此我并不觉得现在是在夜里。你在我的眼里是整个世界，因此在这座林中我也不愁缺少伴侣：要是整个世界都在这儿瞧着我，我怎么还是单身独自一人呢？

狄米特律斯 我要逃开你，躲在丛林之中，任凭野兽把你怎样处置。

海丽娜 最凶恶的野兽也不像你那样残酷。你要逃开我就逃开吧，从此以后，古来的故事要改过了：逃走的是阿波罗，追赶的是达芙妮；鸽子追逐着鹰隼；温柔的牝鹿追捕着猛虎；然而弱者追求勇者，结果总是徒劳无益的。

狄米特律斯 我不高兴听你再唠叨下去。让我走吧，要是你再跟着我，相信我，在这座林中你要被我欺负的。

海丽娜 嗯，在神庙中，在市镇上，在乡野里，你到处欺负我。唉，狄米特律斯！你的虐待我已经使我们女子蒙上了耻辱。我们是不会像男人一样为爱情而争斗的，我们应该被人家求爱，而不是向人家求爱。（狄米特律斯下）我要立意跟随你，我愿死在我所深爱的人的手中，好让地狱化为天宫。（下。）

奥布朗 再会吧，女郎！当他还没有离开这座树林，你将逃避他，他将追求你的爱情。

迫克重上。

奥布朗 你已经把花采来了吗？欢迎啊，浪游者！

迫克 是的，它就在这儿。

奥布朗 请你把它给我。

我知道一处茴香盛开的水滩，
长满着樱草和盈盈的紫罗丝，
馥郁的金银花，芗泽的野蔷薇，
漫天张起了一幅芬芳的锦帷。
有时提泰妮娅在群花中酣醉，
柔舞清歌低低地抚着她安睡；
小花蛇在那里丢下发亮的皮，
小仙人拿来当作合身的外衣。
我要洒一点花汁在她的眼上，

让她充满了各种可憎的幻象。

其余的你带了去在林中访寻，

一个娇好的少女见弃于情人；

倘见那薄幸的青年在她近前，

就把它轻轻地点上他的眼边。

他的身上穿着雅典人的装束，

你须仔细辨认清楚，不许弄错；

小心地执行着我谆谆的吩咐，

让他无限的柔情都向她倾吐。

等第一声雄鸡啼时我们再见。

迫克　放心吧，主人，一切如你的意念。（各下。）

第二场

林中的另一处

提泰妮娅及其小仙侍从等上。

提泰妮娅 来，跳一回舞，唱一曲神仙歌，然后在一分钟内余下来的三分之一的时间里，大家散开去。有的去杀死麝香玫瑰嫩苞中的蛀虫；有的去和蝙蝠作战，剥下它们的翼革来为我的小妖儿们做外衣；剩下的去驱逐每夜啼叫、看见我们这些伶俐的小精灵们而惊骇的猫头鹰。现在唱歌给我催眠吧，唱罢之后，大家各做各的事，让我休息一会儿。

小仙们唱：

一

两舌的花蛇，多刺的猬，

不要打扰着她的安睡！
蝾螈和蜥蜴，不要行近，
仔细毒害了她的宁静。
夜莺，鼓起你的清弦，
为我们唱一曲催眠：
睡啦，睡啦，睡睡吧！睡啦，睡啦，睡睡吧！
一切害物远走高飏，
不要行近她的身旁，
晚安，睡睡吧！

二

织网的蜘蛛，不要过来，
长脚的蛛儿快快走开！
黑背的蜣螂，不许走近，
不许莽撞，蜗牛和蚯蚓。
夜莺，鼓起你的清弦，
为我们唱一曲催眠：
睡啦，睡啦，睡睡吧！睡啦，睡啦，睡睡吧！
一切害物远走高飏，

不要行近她的身旁，

晚安，睡睡吧！

一小仙　去吧！现在一切都已完成，只需留着一个人作哨兵。（众小仙下，提泰妮娅睡。）

奥布朗上，挤花汁滴在提泰妮娅眼皮上。

奥布朗　等你眼睛一睁开，你就看见你的爱，为他担起相思债：山猫、豹子、大狗熊，野猪身上毛蓬蓬，等你醒来一看见丑东西在你身边，芳心可可为他恋。（下。）

拉山德及赫米娅上。

拉山德　好人，你在林中东奔西走，疲乏得快要昏倒了。说老实话，我已经忘记了我们的路。要是你同意，赫米娅，让我们休息一下，等待到天亮再说。

赫米娅　就照你的意思吧，拉山德。你去给你自己找一处睡眠的所在，因为我要在这花坛安息我的形骸。

拉山德　一块草地可以做我们两人枕首的地方，两个胸膛一条心，应该合睡一个眠床。

赫米娅　哎，不要，亲爱的拉山德，为着我的缘故，我的亲亲，再躺远一些，不要挨得那么近。

拉山德　啊，爱人！不要误会了我的无邪的本意，恋人们原是能够领会彼此所说的话的。我是说我的心和你的心联结在一起，已经打成一片，分不开来，两个心胸彼此用盟誓连系，共有着一片忠贞。因此不要拒绝我睡在你的身旁，赫米娅，我一点没有坏心肠。

赫米娅　拉山德真会说话。要是赫米娅疑心拉山德有坏心肠，愿她从此不能堂堂做人。但是好朋友，为着爱情和礼貌的缘故，请睡得远一些。在人间的礼法上，保持这样的距离对于束身自好的未婚男女，是最为合适的。这么远就行了。晚安，亲爱的朋友！愿爱情永无更改，直到你生命的尽头！

拉山德　依着你那祈祷我应和着阿门！阿门！我将失去我的生命，如其我失去我的忠贞！（略就远处退卧）这里是我的眠床了，但愿睡眠给予你充分的休养！

赫米娅　那愿望我愿意和你分享！（二人入睡。）

迫克上。

迫克　我已经在森林中间走遍，
但雅典人可还不曾瞧见，

我要把这花液在他眼上
试一试激动爱情的力量。
静寂的深宵！啊，谁在这厢？
他身上穿着雅典的衣裳。
我那主人所说的正是他，
狠心地欺负那美貌娇娃，
她正在这一旁睡得酣熟，
不顾到地上的潮湿龌龊：
美丽的人儿！她竟然不敢
睡近这没有心肝的恶汉。（挤花汁滴拉山德眼上）
我已在你眼睛上，坏东西！
倾注着魔术的力量神奇，
等你醒来的时候，让爱情
从此扰乱你睡眠的安宁！
别了，你醒来我早已去远，
奥布朗在盼我和他见面。（下。）

狄米特律斯及海丽娜奔驰上。

海丽娜 你杀死了我也好，但是请你停步吧，亲爱的狄米特律斯！

狄米特律斯 我命令你走开，不要这样缠扰着我！

海丽娜 啊！你要把我丢在黑暗中吗？请不要这样！

狄米特律斯 站住！否则叫你活不成。我要独自走我的路。（下。）

海丽娜 唉！这痴心的追赶使我乏得透不过气来。我越是千求万告，越是惹他憎恶。赫米娅无论在什么地方都是那么幸福，因为她有一双天赐的迷人的眼睛。她的眼睛怎么会这样明亮呢？不是为着泪水的缘故，因为我的眼睛被眼泪洗着的时候比她更多。不，不，我是像一头熊那么难看，就是野兽看见我也会因害怕而逃走，因此难怪狄米特律斯会这样逃避我，就像逃避一个丑妖怪一样。哪一面欺人的坏镜子使我居然敢把自己跟赫米娅的明星一样的眼睛相比呢？但是谁在这里？拉山德！躺在地上！死了吗，还是睡了？我看不见有血，也没有伤处。拉山德，要是你没有死，好朋友，醒醒吧！

拉山德 （醒）我愿为着你赴汤蹈火，玲珑剔透的海丽娜！上天在你身上显出他的本领，使我能在你的胸前看透你的心。狄米特律斯在哪里？嘿！那个难听的名字让他死在我的剑下多么合适！

海丽娜　不要这样说，拉山德！不要这样说！即使他爱你的赫米娅又有什么关系？上帝！那又有什么关系？赫米娅仍旧是爱着你的，所以你应该心满意足了。

拉山德　跟赫米娅心满意足吗？不，我真悔恨和她在一起度着的那些可厌的时辰。我不爱赫米娅，我爱的是海丽娜，谁不愿意把一只乌鸦换一头白鸽呢？男人的意志是被理性所支配的，理性告诉我你比她更值得敬爱。凡是生长的东西，不到季节，总不会成熟：我过去由于年轻，我的理性也不曾成熟，但是现在我的智慧已经充分成长，理性指挥着我的意志，把我引到了你的眼前，在你的眼睛里我可以读到写在最丰美的爱情的经典上的故事。

海丽娜　我怎么忍受得下这种尖刻的嘲笑呢？我什么时候得罪了你，使你这样讥讽我呢？我从来不曾得到过，也永远不会得到，狄米特律斯的一瞥爱怜的眼光，难道那还不够，难道那还不够，年轻人，你必须再这样挖苦我的短处吗？真的，你侮辱了我；真的，用这种卑鄙的样子向我献假殷勤。但是再会吧！我还以为你是个较有教养的上流人哩。唉！一个女子受到了这一个男人的摈拒，还得忍受那一个男子的揶揄。（下。）

拉山德 她没有看见赫米娅。赫米娅，睡你的吧，再不要走近拉山德的身边了！一个人吃饱了太多的甜食，能使胸胃中发生强烈的厌恶，改信正教的人最是痛心疾首于以往欺骗他的异端邪说。你就是我的甜食和异端邪说，让你被一切的人所憎恶吧，但没有别人比我更憎恶你了。我的一切生命之力啊，用爱和力来尊崇海丽娜，做她的忠实的骑士吧！（下。）

赫米娅 （醒）救救我，拉山德！救救我！用出你全身力量来，替我在胸口上撵掉这条蠕动的蛇。哎呀，天哪！做了怎样的梦！拉山德，瞧我怎样因害怕而颤抖着。我觉得仿佛一条蛇在嚼食我的心，而你坐在一旁，瞧着它的残酷的肆虐微笑。拉山德！怎么！换了地方了？拉山德！好人！怎么！听不见？去了？没有声音，不说一句话？哎！你在哪儿？要是你听见我，答应一声呀！凭着一切爱情的名义，说话呀！我害怕得差不多要晕倒了。仍旧一声不响！我明白你已不在近旁了，要是我寻不到你，我定将一命丧亡！（下。）

第　三　幕

第一场

林中。提泰妮娅熟睡未醒

昆斯、斯纳格、波顿、弗鲁特、斯诺特、斯塔佛林上。

波顿 咱们都会齐了吗？

昆斯 妙极了，妙极了，这儿真是给咱们练戏用的一块再方便也没有的地方。这块草地可以做咱们的戏台，这一丛山楂树便是咱们的后台。咱们可以认真扮演一下，就像当着公爵殿下的面一样。

波顿 彼得·昆斯——

昆斯 你说什么，波顿好家伙？

波顿 在这本《皮拉摩斯和提斯柏》的喜剧里，有几个地方准难叫人家满意。第一，皮拉摩斯该得拔出剑来结果自己的性命，这是太太小姐们受不了的。你说可对不对？

斯诺特 凭着圣母娘娘的名字，这可真的不是玩儿的事。

斯塔佛林 我说咱们把什么都做完了之后，这一段自杀可不用表演。

波顿 不必，咱有一个好法子。给咱写一段开场诗，让这段开场诗大概这么说：咱们的剑是不会伤人的，实实在在皮拉摩斯并不真的把自己干掉了。顶好再那么声明一下，咱扮着皮拉摩斯的，并不是皮拉摩斯，实在是织工波顿。这么一下她们就不会受惊了。

昆斯 好吧，就让咱们有这么一段开场诗，咱可以把它写成八六体[①]。

波顿 把它再加上两个字，让它是八个字八个字那么的吧。

斯诺特 太太小姐们见了狮子不会哆嗦吗？

斯塔佛林 咱担保她们一定会害怕。

波顿 列位，你们得好好想一想：把一头狮子——老天爷保佑咱们！——带到太太

---

① 八音节六音节相间的诗体。

小姐们的中间，还有比这更荒唐得可怕的事吗？在野兽中间，狮子是再凶恶不过的。咱们可得考虑考虑。

斯诺特 那么说，就得再写一段开场诗，说他并不是真狮子。

波顿 不，你应当把他的名字说出来，他的脸蛋的一半要露在狮子头颈的外边，他自己就该说着这样或者诸如此类的话："太太小姐们"，或者说，"尊贵的太太小姐们，咱要求你们"，或者说，"咱请求你们"，或者说，"咱恳求你们，不用害怕，不用发抖，咱可以用生命给你们担保。要是你们想咱真是一头狮子，那咱才真是倒霉啦！不，咱完全不是这种东西，咱是跟别人一样的人。"这么着让他说出自己的名字来，明明白白地告诉她们，他是细工木匠斯纳格。

昆斯 好吧，就这么办。但是还有两件难事：第一，咱们要把月亮光搬进屋子里来，你们知道皮拉摩斯和提斯柏是在月亮底下相见的。

斯纳格 咱们演戏的那天可有月亮吗?

波顿 拿历本来,拿历本来!瞧历本上有没有月亮,有没有月亮。

昆斯 有的,那晚上有好月亮。

波顿 啊,那么你就可以把咱们演戏的大厅上的一扇窗打开,月亮就会打窗子里照进来啦。

昆斯 对了,否则就得叫一个人一手拿着柴枝,一手举起灯笼,登场说他是假扮或是代表着月亮。现在还有一件事,咱们在大厅里应该有一堵墙,因为故事上说,皮拉摩斯和提斯柏是彼此凑后一条墙缝讲话的。

斯纳格 你可不能把一堵墙搬进来。你怎么说,波顿?

波顿 让什么人扮作墙头,让他身上涂着些灰泥黏土之类,表明他是墙头,让他把手指举起做成那个样儿,皮拉摩斯和提斯柏就可以在手指缝里低声谈话了。

昆斯 那样的话,一切就都已齐全了。来,每个老娘的儿子都坐下来,念着你们的台词。皮拉摩斯,你开头,你说完了之后,就走进那簇树后，这样大家可以按着尾白[1]挨次说下去。

迫克自后上。

迫克　那一群凡夫俗子胆敢在仙后卧榻之旁鼓唇弄舌？哈，在那儿演戏！让我做一个听戏的吧，要是看到机会的话，也许我还要做一个演员哩。

昆斯　说吧，皮拉摩斯。提斯柏，站出来。

波顿　提斯柏，花儿开得十分腥——

昆斯　十分香，十分香。

波顿　——开得十分香；
你的气息，好人儿，也是一个样。
听，那边有一个声音，你且等一等，
一会儿咱再来和你诉衷情。（下。）

迫克　请看皮拉摩斯变成了怪妖精。（下。）

弗鲁特　现在该咱说了吧？

昆斯　是的，该你说。你得弄清楚，他是去瞧瞧什么声音去的，等一会儿就要回来。

弗鲁特　最俊美的皮拉摩斯，脸孔红如红玫瑰，

---

① 尾白指一句特定的台词。第一个演员念到尾白时，第二个演员便开始接话。

肌肤白得赛过纯白的百合花，
活泼的青年，最可爱的宝贝，
忠心耿耿像一匹顶好的马。
皮拉摩斯，咱们在宁尼的坟头相会。

昆斯　“尼纳斯的坟头”，老兄。你不要就把这句说出来，那是要你答应皮拉摩斯的：你把要你说的话不管什么尾白不尾白都一股脑儿说出来啦。皮拉摩斯，进来，你的尾白已经说过了，是“顶好的马”。

弗鲁特　噢。——忠心耿耿像一匹顶好的马。

迫克重上；波顿戴驴头随上。

波顿　美丽的提斯柏，咱是整个儿属于你的！

昆斯　怪事！怪事！咱们见了鬼啦！列位，快逃！快逃！救命哪！（众下。）

迫克　我要把你们带领得团团乱转，
经过一处处沼地、草莽和林薮。
有时我化作马，有时化作猎犬，
化作野猪、没头的熊或是燐火。
我要学马样嘶，犬样吠，猪样嗥，
熊一样地咆哮，野火一样燃烧。（下。）

波顿　他们干吗都跑走了呢？这准是他们的恶

计，要把咱吓一跳。

斯诺特重上。

斯诺特 啊，波顿！你变了样子啦！你头上是什么东西呀？

波顿 是什么东西？你瞧见你自己变成了一头蠢驴啦，是不是？（斯诺特下。）

昆斯重上。

昆斯 天哪！波顿！天哪！你变啦！（下。）

波顿 咱看透他们的鬼把戏，他们要把咱当作一头蠢驴，想出法子来吓咱。可是咱决不离开这块地方，瞧他们怎么办。咱要在这儿跑来跑去，咱要唱个歌儿，让他们听见了知道咱可一点不怕。

（唱）

山乌嘴巴黄沉沉，
浑身长满黑羽毛，
画眉唱得顶认真，
声音尖细是欧鹪。

提泰妮娅 （醒）什么天使使我从百花的卧榻上醒来呢？

波顿 鹡鸰，麻雀，百灵鸟，

还有杜鹃爱骂人，
大家听了心头恼，
可是谁也不回声。
真的，谁耐烦跟这么一头蠢鸟斗口舌呢？即使它骂你是乌龟，谁又高兴跟他争辩呢？[1]

提泰妮娅 温柔的凡人，请你唱下去吧！我的耳朵沉醉在你的歌声里，我的眼睛又为你的状貌所迷惑。在第一次见面的时候，你的美姿已使我不禁说出而且矢誓着我爱你了。

波顿 咱想，奶奶，您这可太没有理由。不过说老实话，现今世界上理性可真难得跟爱情碰头，也没有哪位正直的邻居大叔给他俩撮合撮合做朋友，真是抱歉得很。哈，我有时也会说说笑话。

提泰妮娅 你真是又聪明又美丽。

波顿 不见得，不见得。可是咱要是有本事跑出这座林子，那已经很够了。

---

① 杜鹃下卵于他鸟的巢中，故用以喻奸夫，但其后 cuckold（由 cuckoo 化出）一字却用作奸妇本夫的代名词。杜鹃的鸣声即为 cuckoo，不啻骂人为“乌龟”，但因闻者不能知其妻子是否贞洁，故虽恼而不敢作声。

提泰妮娅　　请不要跑出这座林子！不论你愿不愿，你一定要留在这里。我不是一个平常的精灵，夏天永远听从我的命令，我真是爱你，因此跟我去吧。我将使神仙们侍候你，他们会从海底里捞起珍宝献给你；当你在花茵上睡去的时候，他们会给你歌唱；而且我要给你洗涤去俗体的污垢，使你身轻得像个精灵一样。——豆花！蛛网！飞蛾！芥子！

四神仙上。

豆花　　有。

蛛网　　有。

飞蛾　　有。

芥子　　有。

四仙　　（合）差我们到什么地方去？

提泰妮娅　　恭恭敬敬地侍候这先生，

蹿蹿跳跳地追随他前行；

给他吃杏子、鹅莓和桑椹，

紫葡萄和无花果儿青青。

去把野蜂的蜜囊儿偷取，

剪下蜂股的蜂蜡做烛炬，

在流萤的火睛里点了火，

照着我的爱人晨兴夜卧；
再摘下彩蝶儿粉翼娇红，
搧去他眼上的月光溶溶。
来，向他鞠一个深深的躬。

豆花	万福，凡人！
蛛网	万福！
飞蛾	万福！
芥子	万福！
波顿	请你们列位先生多多担待担待在下。请教大号是——
蛛网	蛛网。
波顿	很希望跟您交个朋友，好蛛网先生。要是咱指头儿割破了的话，咱要大胆用用您。[①]善良的先生，您的尊号是——
豆花	豆花。
波顿	啊，请多多给咱向您令堂豆荚奶奶和令尊豆壳先生致意。好豆花先生，咱也很希望跟您交个朋友。先生，您的雅号是——
芥子	芥子。

① 俗云蛛丝能止血。

波顿 好芥子先生，咱知道您是个饱历艰辛的人，那块庞大无比的牛肉曾经把您家里好多人都吞去了。不瞒您说，您的亲戚们方才还害得我掉下几滴苦泪呢。咱希望跟您交个朋友，好芥子先生。

提泰妮娅 来，侍候着他，引路到我的闺房。

月亮今夜有一颗多泪的眼睛，
小花们也都陪着她眼泪汪汪，
悲悼横遭强暴而失去的童贞。
吩咐那好人静静走不许作声。（同下。）

第二场

林中的另一处

奥布朗上。

奥布朗 不知道提泰妮娅有没有醒来，她一醒来，就要热烈地爱上了她第一眼看到的无论什么东西了。这边来的是我的使者。

迫克上。

奥布朗 啊，疯狂的精灵！在这座夜的魔林里现在有什么事情发生？

迫克 姑娘爱上了一个怪物了。当她昏昏睡熟的时候，在她的隐秘的神圣的卧室之旁，来了一群村汉，他们都是在雅典市集上做工过活的粗鲁的手艺人，聚集在一起练着戏，预备在忒修斯结婚的那天表演。在这一群蠢货的中间，一个最蠢的蠢材扮演着皮拉摩斯，当他退场走进一簇丛林里去的时候，我就抓住了这个好机会，给他的头上罩上一只死驴的头壳。一会儿为了答应他的提斯柏，这位好伶人又出来了。他们一看见了他，就像雁子望见了蹑足行近的猎人，又像一大群灰鸦听见了枪声轰然飞起乱叫、四散着横扫过天空一样，大家没命逃走了。又因为我们的跳舞震动了地面，一个个横仆竖倒，嘴里乱喊着救命。他们本来就是那么糊涂，这回吓得完全丧失了神智，没有知觉的东西也都来欺侮他们了：野茨和荆棘抓破了他们的衣服，有的失去了袖子，有的落掉了帽子，败军之将，无论什么东西都是予取予求的。在这种惊惶中我领着他们走去，把变了样子的可爱的皮拉摩斯孤单单地留下，就在那时候，提泰妮娅醒了转来，立刻爱上了一头驴子了。

奥布朗 这比我所能想得到的计策还好。但是你有没有依照我的吩咐，把那爱汁滴在那个雅典人的眼上呢？

迫克　　那我也已经乘他睡熟的时候办好了。那个雅典女人就在他的身边，因此他一醒来，一定便会看见她。

狄米特律斯及赫米娅上。

奥布朗　　站过来些，这就是那个雅典人。

迫克　　这女人一点不错，那男人可不是。

狄米特律斯　　唉！为什么你这样骂着深爱你的人呢？那种毒骂是应该加在你仇敌身上的。

赫米娅　　现在我不过把你数说数说罢了，我应该更厉害地对付你，因为我相信你是可咒诅的。要是你已经趁着拉山德睡着的时候把他杀了，那么把我也杀了吧，已经两脚踏在血泊中，索性让杀人的血淹没你的膝盖吧。太阳对于白昼，也没有像他对于我那样的忠心。当赫米娅睡熟的时候，他会悄悄地离开她吗？我宁愿相信地球的中心可以穿成孔道，月亮会从里面钻了过去，在地球的那一端跟她的兄长白昼捣乱。一定是你已经把他杀死了，因为只有杀人的凶徒，脸上才会这样惨白而可怖。

狄米特律斯　被杀者的脸色应该是这样的，你的残酷已经洞穿我的心，因此我应该有那样的脸色，但是你这杀人的，瞧上去却仍然是那么辉煌莹洁，就像那边天上闪耀着的金星一样。

赫米娅　你这种话跟我的拉山德有什么关系？他在哪里呀？啊，好狄米特律斯，把他还给了我吧！

狄米特律斯　我宁愿把他的尸体喂我的猎犬。

赫米娅　滚开，贱狗！滚开，恶狗！你使我失去姑娘家的柔顺，再也忍不住了。你真的把他杀了吗？从此之后，别再把你算作人吧！啊，看在我的面上，老老实实告诉我，告诉我，你，一个清醒的人，看见他睡着，而把他杀了吗？嗳唷，真勇敢！一条蛇、一条毒蛇，都比不上你，因为它的分叉的毒舌，还不及你的毒心更毒！

狄米特律斯　你的脾气发得好没来由。我并没有杀死拉山德，他也并没有死，照我所知道的。

赫米娅　那么请你告诉我他很安全。

狄米特律斯　要是我告诉你，我将得到什么好处呢？

赫米娅 你可以得到永远不再看见我的权利。我从此离开你那可憎的脸，无论他死也罢活也罢，你再不要和我相见。（下。）

狄米特律斯 在她这样盛怒之中，我还是不要跟着她。让我在这儿暂时停留一会儿。

睡眠欠下了沉忧的债，
心头加重了沉忧的担，
我且把黑甜乡暂时寻访，
还了些还不尽的糊涂账。（卧下睡去。）

奥布朗 你干了些什么事呢？你已经大大地弄错了，把爱汁去滴在一个真心的恋人的眼上。为了这次错误，本来忠实的将要改变心肠，而不忠实的仍旧和以前一样。

迫克 一切都是命运在做主，保持着忠心的不过一个人，变心的，把盟誓起了一个毁了一个的，却有百万个人。

奥布朗 比风还快地到林中各处去访寻名叫海丽娜的雅典女郎吧。她是全然为爱情而憔悴的，痴心的叹息耗去了她脸上的血色。用一些幻象把她引到这儿来：我将在这个人的眼睛上施上魔法，准备他们的见面。

迫克 我去，我去，瞧我一会儿便失了踪迹，

鞑靼人的飞箭都赶不上我的迅疾。（下。）

奥布朗 这一朵紫色的小花，

尚留着爱神的箭疤，

让它那灵液的力量，

渗进他眸子的中央。

当他看见她的时光，

让她显出庄严妙相，

如同金星照亮天庭，

让他向她婉转求情。

迫克重上。

迫克 报告神仙界的头脑，

海丽娜已被我带到，

她后面随着那少年，

正在哀求着她眷怜。

瞧瞧那痴愚的形状，

人们真蠢得没法想！

奥布朗 站开些，他们的声音

将要惊醒睡着的人。

迫克 两男合爱着一女，

这把戏真够有趣；

最妙是颠颠倒倒，
看着才叫人发笑。

拉山德及海丽娜上。

拉山德 为什么你要以为我的求爱不过是向你嘲笑呢？嘲笑和戏谑是永不会伴着眼泪而来的。瞧，我在起誓的时候是怎样感泣着！这样的誓言是不会被人认作虚诳的。明明有着可以证明是千真万确的标记，为什么你会以为我这一切都是出于哂笑呢？

海丽娜 你越来越俏皮了。要是人们所说的真话都是互相矛盾的，那么神圣的真话将成了一篇鬼话。这些誓言都是应当向赫米娅说的，难道你把她丢弃了吗？把你对她和对我的誓言放在两个秤盘里，一定称不出轻重来，因为都是像空话那样虚浮。

拉山德 当我向她起誓的时候，我实在一点见识都没有。

海丽娜 照我想起来，你现在把她丢弃了，也不像是有见识的。

拉山德 狄米特律斯爱着她，但他不爱你。

狄米特律斯 （醒）啊，海伦[1]！完美的女神！圣洁的仙子！我要用什么来比并你的秀眼呢，我的爱人？水晶是太昏暗了。啊，你的嘴唇，那吻人的樱桃，瞧上去是多么成熟，多么诱人！你一举起你那洁白的妙手，被东风吹着的陶洛斯高山上的积雪，就显得像乌鸦那么黯黑了。让我吻一吻那纯白的女王，这幸福的象征吧！

海丽娜 唉，倒霉！该死！我明白你们都在拿我取笑，假如你们是懂得礼貌和有教养的人，一定不会这样侮辱我。我知道你们都讨厌着我，那么就讨厌我好了，为什么还要联合起来讥讽我呢？你们瞧上去都像堂堂男子，如果真是堂堂男子，就不该这样对待一个有身份的妇女：发着誓，赌着咒，过誉着我的好处，但我可以断定你们的心里却在讨厌我。你们两人是情敌，一同爱着赫米娅，现在转过身来一同把海丽娜嘲笑，真是大丈夫的行为，干得真漂亮，为

① 古希腊神话中宙斯与勒达所生的女儿，是人间里最漂亮的女人。

着取笑的缘故逼一个可怜的女人流泪！高尚的人决不会这样轻侮一个闺女，逼到她忍无可忍，只是因为给你们寻寻开心。

拉山德 你太残忍，狄米特律斯，不要这样，因为你爱着赫米娅，这你知道我是十分明白的。现在我用全心和好意把我在赫米娅的爱情中的地位让给你，但你也得把海丽娜的爱情让给我，因为我爱她，并且将要爱她到死。

海丽娜 从来不曾有过嘲笑者浪费过这样无聊的口舌。

狄米特律斯 拉山德，保留着你的赫米娅吧，我不要，要是我曾经爱过她，那爱情现在也已经消失了。我的爱不过像过客一样暂时驻留在她的身上，现在它已经回到它的永远的家，海丽娜的身边，再不到别处去了。

拉山德 海伦，他的话是假的。

狄米特律斯 不要侮蔑你所不知道的真理，否则你将以生命的危险重重补偿你的过失。瞧！你的爱人来了，那边才是你的爱人。

赫米娅上。

赫米娅　　黑夜使眼睛失去它的作用，但却使耳朵的听觉更为灵敏，它虽然妨碍了视觉的活动，却给予听觉加倍的补偿。我的眼睛不能寻到你，拉山德，但多谢我的耳朵，使我能听见你的声音。你为什么那样忍心地离开了我呢？

拉山德　　爱情驱着一个人走的时候，为什么他要滞留呢？

赫米娅　　哪一种爱情能把拉山德驱开我的身边？

拉山德　　拉山德的爱情使他一刻也不能停留。美丽的海丽娜，她照耀着夜天，使一切明亮的繁星黯然无色。为什么你要来寻找我呢？难道这还不能使你知道我因为厌恶你的缘故，才这样离开你吗？

赫米娅　　你说的不是真话，那不会是真的。

海丽娜　　瞧！她也是他们的一党。现在我明白了他们三个人一起联合了用这种恶戏欺凌我。欺人的赫米娅！最没有良心的丫头！你竟然和这种人一同算计着向我开这种卑鄙的玩笑作弄我吗？我们两人从前的种种推心置腹，约为姐妹的盟誓，在一起怨恨疾足的时间这样快便把我们拆分的那种时光，啊！你难道都已经忘记了吗？我们在同学时的那种情谊，一切童年的天真，你都已经完全丢在脑后了吗？赫米娅，我们两人曾经像两个巧手的神匠，在一起绣着同一朵花，描着同一个图样，我们同坐在一个椅垫上，齐声曼吟着同一个歌儿，就像我们的手、我们的身体、我们的声音、我们的思想，都是连在一起不可分的样子。我们这样生长在一起，正如并蒂的樱桃，看似两个，其实却连生在一起。我们是结在同一茎上的两颗可爱的果实，我们的身体虽然分开，我们的心却只有一个——原来我们的身子好比两个互通婚姻的名门，我们的心好比男家女家的纹章合而为一。难道你竟把我们从前的友好丢弃不顾，而和男人们联合着嘲弄你的可怜的朋友吗？这种行为太没有朋友的情谊，而且也不合一个少女的身份。不单是我，我们全体女人都可以攻击你，虽然受到委屈的只是我一个。

赫米娅 你这种愤激的话真使我惊奇。我并没有嘲弄你，似乎你在嘲弄我哩。

海丽娜 你不曾唆使拉山德跟随我，假意称赞我的眼睛和面孔吗？你那另一个爱人，狄米特律斯，不久之前还曾要用他的脚踢开我，你不曾使他称我为女神、仙子，神圣而稀有的、珍贵的、超乎一切的人吗？为什么他要向他所讨厌的人说这种话呢？拉山德的灵魂里是充满了你的爱的，为什么他反而要摈斥你，却要把他的热情奉献给我，倘不是因为你的指使，因为你们曾经预先商量好？即使我不像你那样有人爱怜，那样被人追求不舍，那样走好运，即使我是那样倒霉，得不到我所爱的人的爱情，那和你又有什么关系呢？你应该可怜我才是，不应该反而来侮蔑我。

赫米娅 我不懂你说这种话的意思。

海丽娜 好，尽管装腔下去，扮着这一副苦脸，等我一转背，就要向我做嘴脸了。大家彼此眨眨眼睛，把这个绝妙的玩笑尽管开下去吧，将来会记载在历史上的。假如你们是有同情心，懂得礼貌的，就不该把我当作这样的笑柄。再会吧，一半也是我自己不好，死别或生离不久便可以补赎我的错误。

拉山德 不要走，温柔的海丽娜！听我解释。我的爱！我的生命！我的灵魂！美丽的海丽娜！

海丽娜 多好听的话！

赫米娅 亲爱的，不要那样嘲笑她。

狄米特律斯 要是她的恳求不能使你不说那种话，我将强迫你闭住你的嘴。

拉山德 她想恳求我，你想强迫我，可是都无济于事。你的威胁正和她的软弱的祷告同样没有力量。海伦，我爱你！凭着我的生命起誓，我爱你！谁说我不爱你的，我愿意用我的生命证明他说谎，为了你我是乐意把生命捐弃的。

狄米特律斯 我说我比他更要爱你得多。

拉山德 要是你这样说，那么把剑拔出来证明一下吧。

狄米特律斯 好，快些，来！

赫米娅　　拉山德，这一切究竟是怎么一回事呢？

拉山德　　走开，你这黑鬼①！

狄米特律斯　　不，不——你可不能骗我而自己逃走，假意说着来来，却在准备乘机溜去。你是个不中用的汉子，来吧！

拉山德　　（向赫米娅）放开手，你这猫！你这牛蒡子！贱东西，放开手！否则我要像摔掉身上一条蛇那样摔掉你了。

赫米娅　　为什么你变得这样凶暴？究竟是什么缘故呢，爱人？

拉山德　　你的爱人！走开，黑鞑子！走开！可厌的毒物，叫人恶心的东西，给我滚吧！

赫米娅　　你还是在开玩笑吗？

海丽娜　　是的，你也是在开玩笑。

拉山德　　狄米特律斯，我一定不失信于你。

狄米特律斯　　你的话可有些不能算数，因为人家的柔情在牵系住你。我可信不过你的话。

拉山德　　什么！难道要我伤害她、打她、杀死她吗？虽然我厌恨她，我还不至于这样残忍。

① 因赫米娅肤色微黑，故云。第二幕中有“把一只乌鸦换一头白鸽”之语，亦此意。海丽娜肤色白皙，故云“白鸽”。

赫米娅　　啊！还有什么事情比之你厌恨我更残忍呢？厌恨我！为什么呢？天哪！究竟是怎么一回事呢，我的好人？难道我不是赫米娅了吗？难道你不是拉山德了吗？我现在生得仍旧跟以前一个样子。就在这一夜里你还曾爱过我，但就在这一夜里你离开了我。那么你真的——唉，天哪！——存心离开我吗？

拉山德　　一点不错，而且再不要看见你的脸了，因此你可以断了念头，不必疑心，我的话是千真万确的：我厌恨你，我爱海丽娜，一点不是开玩笑。

赫米娅　　天哪！你这骗子！你这花中的蛀虫！你这爱情的贼！哼！你乘着黑夜，悄悄地把我的爱人的心偷了去吗？

海丽娜　　真好！难道你一点女人家的羞耻都没有，一点不晓得难为情，不晓得自重了吗？哼！你一定要引得我破口说出难听的话来吗？哼！哼！你这装腔作势的人！你这给人家愚弄的小玩偶！

赫米娅　　小玩偶！噢，原来如此。现在我才明白了她为什么把她的身材跟我的比较，她自夸她生得长，用她那身材，那高高的身材，赢得了他的心。因为我生得矮小，所以他便把你看得高不可及了吗？我是怎样一个矮法？你这涂脂抹粉的花棒儿！请你说，我是怎样矮法？矮虽矮，我的指爪还挖得着你的眼珠哩！

海丽娜　先生们，虽然你们都在嘲弄我，但我求你们别让她伤害我。我从来不曾使过性子，我也完全不懂得怎样跟人家闹架儿，我是一个胆小怕事的女子。不要让她打我。也许因为她比我矮些，你们就以为我打得过她吧。

赫米娅　生得矮些！听，又来了！

海丽娜　好赫米娅，不要对我这样凶！我一直是爱你的，赫米娅，有什么事总跟你商量，从来不曾对你做过欺心的事，除了这次，为了对于狄米特律斯的爱情的缘故，我把你私奔到这座林中的事告诉了他。他追踪着你，为了爱，我又追踪着他，但他一直是斥骂着我，威吓着我说要打我、踢我，甚至于要杀死我。现在你让我悄悄地走了吧，我愿带着我的愚蠢回到雅典去，不再跟着你们了。让我走，你瞧我是多么傻多么痴心！

赫米娅　好，你走就走吧，谁在拦你？

海丽娜　一颗发痴的心，但我把它丢弃在这里了。

赫米娅　噢，给了拉山德了是不是？

海丽娜　不，给了狄米特律斯。

拉山德　不要怕，她不会伤害你的，海丽娜。

狄米特律斯　当然不会的，先生，即使你帮着她也不要紧。

海丽娜　啊，她一发起怒来，真是又凶又狠。在学校里她就是出名的雌老虎，很小的时候便那么凶了。

赫来娅　又是“很小”！老是矮啊小啊的说个不住！为什么你让她这样讥笑我呢？让我跟她拼命去。

拉山德　滚开，你这矮子！你这发育不全的三寸丁！你这小珠子！你这小青豆！

狄米特律斯　她用不着你帮忙，因此不必那样乱献殷勤。让她去，不许你嘴里再提到海丽娜，不要你来给她撑腰。要是你再向她略献殷勤，就请你当心着吧！

拉山德 现在她已经不再拉住我了，你要是有胆子，跟我来吧，我们倒要试试看究竟海丽娜该属于谁。

狄米特律斯 跟你来！嘿，我要和你并着肩走呢。（拉山德、狄米特律斯二人下。）

赫米娅 你，小姐，这一切的纷扰都是因为你的缘故。哎，别逃啊！

海丽娜 我怕你，我不敢跟脾气这么大的你在一起。打起架来，你的手比我快得多，但我的腿比你长些，逃起来你追不上我。（下。）

赫米娅 我简直莫名其妙，不知道说些什么话好。（下。）

奥布朗 这是你的大意所致，要不是你弄错了，一定是你故意在捣蛋。

迫克 相信我，仙王，是我弄错了。你不是对我说只要认清楚那人穿着雅典人的衣裳？照这样说起来我完全不曾错，因为我是把花汁滴在一个雅典人的眼上。事情会弄到这样我是满快活的，因为他们的吵闹看着怪有趣味。

奥布朗 你瞧这两个恋人找地方决斗去了，因此，罗宾，快去把夜天遮暗了，你就去用像冥河的水一样黑的浓雾盖住了星空，再引这两个声势汹汹的仇人迷失了路，不要让他们碰在一起。有时你学着拉山德的声音痛骂狄米特律斯，叫他气得直跳，有时学着狄米特律斯的样子斥责拉山德：用这种法子把他们两个分开，直到他们奔波得精疲力竭，死一样的睡眠拖着铅样沉重的腿和蝙蝠的翅膀爬上了他们的额上，然后你把这草挤出汁来涂在拉山德的眼睛上，它能够解去一切的错误，使他的眼睛恢复从前的眼光。等他们醒来之后，这一切的戏谑，就会像是一场梦境或是空虚的幻象，这一班恋人们便将回到雅典去，而且将订下白头到老、永无尽期的盟约。在我差遣你去做这件事的时候，我要去访问我的王后，向她讨那个印度孩子，然后我要解除她眼中所见的怪物的幻觉，一切事情都将和平解决。

迫克 这事我们必须赶早办好，主公，

因为黑夜已经驾起他的飞龙；

晨星，黎明的先驱，已照亮苍穹；

一个个鬼魂四散地奔返殡宫：

还有那横死的幽灵抱恨长终，

道旁水底有他们的白骨成丛，

为怕白昼揭露了丑恶的形容，

早已向重泉归寝，相伴着蛆虫；

他们永远见不到日光的融融，

只每夜在暗野里凭吊着凄风。

奥布朗 但你我可完全不能比并他们；

晨光中我惯和猎人一起游巡，

如同林居人一样踏访着丛林：

即使东方开启了火红的天门，

大海上照耀万道灿烂的光针，

青碧的大海化成了一片黄金，

但我们应该早早办好这事情，

最好别把它迁延着直到天明。（下。）

迫克 奔到这边来，奔过那边去；

我要领他们，奔来又奔去。

林间和市上，无人不怕我；
我要领他们，走尽林中路。
——这儿来了一个。

拉山德重上。

拉山德 你在哪里，骄傲的狄米特律斯？说出来！

迫克 在这儿，恶徒！把你的剑拔出来准备着吧。你在哪里？

拉山德 我立刻就过来。

迫克 那么跟我来吧，到平坦一点的地方。（拉山德随声音下。）

狄米特律斯重上。

狄米特律斯 拉山德，你再开口啊！你逃走了，你这懦夫！你逃走了吗？说话呀！躲在那一堆树丛里吗？你躲在哪里呀？

迫克 你这懦夫！你在向星星们夸口，向树林子挑战，但是却不敢过来吗？来，卑怯汉！来，你这小孩子！我要好好抽你一顿。谁要跟你比剑才真倒霉！

狄米特律斯 呀，你在那边吗？

迫克 跟我的声音来吧，这儿不是适宜我们战斗的地方。（同下。）

拉山德重上。

拉山德　他走在我的前头，老是挑拨着我上前，一等我走到他叫喊着的地方，他又早已不在。这个坏蛋比我脚步快得多，我追得快，他可逃得更快，使我在黑暗崎岖的路上绊了一跤。让我在这儿休息一下吧。（躺下）来吧，你仁心的白昼！只要你一露出你的一线灰白的微光，我就可以看见狄米特律斯而洗雪这次仇恨了。（睡去。）

迫克及狄米特律斯重上。

迫克　哈！哈！哈！懦夫！你为什么不来？

狄米特律斯　要是你有胆量的话，等着我吧，我全然明白你跑在我前面，从这儿窜到那儿，不敢站住，也不敢见我的面。你现在是在什么地方？

迫克　过来，我在这儿。

狄米特律斯　哼，你在摆布我。要是天亮了我看见你的面孔，你好好地留点儿神，现在，去你的吧！疲乏逼着我倒下在这寒冷的地上，等候着白天的降临。（躺下睡去。）

海丽娜重上。

海丽娜　　疲乏的夜啊！冗长的夜啊！减少一些你的时辰吧！从东方出来的安慰，快照耀起来吧！好让我借着晨光回到雅典去，离开这一群人，他们大家都讨厌着可怜的我。慈悲的睡眠，有时你闭上了悲伤的眼睛，求你暂时让我忘却了自己的存在吧！（躺下睡去。）

迫克　　两男加两女，四个无错误；
三人已在此，一人在何处？
哈哈她来了，满脸愁云罩：
爱神真不好，惯惹人烦恼！

赫米娅重上。

赫米娅　　从来不曾这样疲乏过，从来不曾这样伤心过！我的身上沾满了露水，我的衣裳被荆棘所抓破。我跑也跑不动，爬也爬不动了。我的两条腿再也不能听从我的心愿。让我在这儿休息一下以待天明。要是他们真要决斗的话，愿天保佑拉山德吧！（躺下睡去。）

迫克　　梦将残，睡方酣，
神仙药，祛幻觉，

百般迷梦全消却。(挤草汁于拉山德眼上)

醒眼见，旧人脸，

乐满心，情不禁，

从此欢爱复深深。

一句俗语说得好，

各人各有各的宝，

等你醒来就知道：

哥儿爱姐儿，

两两无参差；

失马复得马，

一场大笑话！（下。）

第四幕

第一场

林中。拉山德、狄米特律斯、海丽娜、赫米娅酣睡未醒

提泰妮娅及波顿上，众仙随侍；奥布朗潜随其后。

提泰妮娅 来，坐下在这花床上。我要爱抚你的可爱的脸颊，我要把麝香玫瑰插在你柔软光滑的头颅上，我要吻你的美丽的大耳朵，我的温柔的宝贝！

波顿 豆花呢？

豆花 有。

波顿 替咱把头搔搔，豆花。蛛网先生在哪儿？

蛛网 有。

波顿 蛛网先生，好先生，把您的刀拿好，替咱把那蓟草叶尖上的红屁股的野蜂儿杀了，然后，好先生，替咱把蜜囊儿拿来。干那事的时候可别太性急，先生。而且，

好先生，当心别把蜜囊儿给弄破了，要是您在蜜囊里头淹死了，那咱可不很乐意，先生。芥子先生在哪儿？

芥子　有。

波顿　把您的小手儿给我，芥子先生。请您不要多礼吧，好先生。

芥子　你有什么吩咐？

波顿　没有什么，好先生，只是帮蛛网骑士替咱搔搔痒。咱一定得理发去，先生，因为咱觉得脸上毛得很。咱是一头感觉非常灵敏的驴子，要是一根毛把咱触痒了，咱就非得搔一下子不可。

提泰妮娅　你要不要听一些音乐，我的好人？

波顿　咱很懂得一点儿音乐。咱们来一下子锣鼓吧。

提泰妮娅　好人，你要吃些什么呢？

波顿　真的，来一堆刍秣吧，您要是有好的干麦秆，也可以给咱大嚼一顿。咱想，咱怪想吃那么一捆干草，好干草，美味的干草，什么也比不上它。

提泰妮娅　我有一个善于冒险的小神仙，可以给你到松鼠的仓里取些新鲜的榛栗来。

波顿 咱宁可吃一把两把干豌豆。但是谢谢您，吩咐您那些人们别惊动咱吧，咱想要睡他妈的一觉。

提泰妮娅 睡吧，我要把你抱在我的臂中。神仙们，往各处散开去吧。（众仙下）菟丝也正是这样温柔地缠附着芬芳的金银花，女萝也正是这样缱绻着榆树的皱折的臂枝。啊，我是多么爱你！我是多么热恋着你！（同睡去。）

迫克上。

奥布朗 （上前）欢迎，好罗宾！你见没见这种可爱的情景？我对于她的痴恋开始有点不忍了。刚才我在树林后面遇见她正在为这个可憎的蠢货找寻爱情的礼物，我就谴责她，跟她争吵起来，因为那时她把芬芳的鲜花制成花环，环绕着他那毛茸茸的额角。原来在嫩芯上晶莹饱满、如同东方的明珠一样的露水，如今却含在那一朵朵美艳的小花的眼中，像是盈盈欲泣的眼泪，痛心着它们所受的耻辱。我把她尽情嘲骂一番之后，她低声下气地请求我息怒，于是我便乘机向她索讨那个换儿，她立刻把他给了我，差她的仙侍把他送到了我的寝宫。现在我已经把这个孩子弄到手，我将解去她眼中这种可憎的迷惑。好迫克，你去把这雅典村夫头上的变形的头盖揭下，等他和大家一同醒来的时候，好让他回到雅典去，把这晚间发生的一切事情只当作一场梦魇。但是先让我给仙后解去了魔法吧。（以草触她的眼睛）

回复你原来的本性，解去你眼前的幻景；
这一朵女贞花采自月姐园庭，
它会使爱情的小卉失去功能。
喂，我的提泰妮娅，醒醒吧，我的好王后！

提泰妮娅 我的奥布朗！我看见了怎样的幻景！好像我爱上了一头驴子啦。

奥布朗 那边就是你的爱人。

提泰妮娅 这一切事情怎么会发生的呢？啊，现在我看见他的样子是多么惹气！

奥布朗 静一会儿。罗宾，把他的头壳揭下了。提泰妮娅，叫他们奏起音乐来吧，让这五个人睡得全然失去了知觉。

提泰妮娅　来，奏起催眠的乐声柔婉！（音乐。）

迫克　等你一觉醒来，蠢汉，用你的傻眼睛瞧看。

奥布朗　奏下去，音乐！来，我的王后，让我们携手同行，让我们的舞蹈震动这些人睡着的地面。现在我们已经言归于好，明天夜半将要一同到忒修斯公爵的府中跳着庄严的欢舞，祝福他家繁荣昌盛。这两对忠心的恋人也将在那里和忒修斯同时举行婚礼，大家心中充满了喜乐。

迫克　仙王，仙王，留心听，
我听见云雀歌吟。

奥布朗　王后，让我们静静
追随着夜的踪影；
我们环绕着地球，
快过明月的光流。

提泰妮娅　夫君，请你在一路
告诉我一切缘故，
这些人来自何方，
当我熟睡的时光。（同下。幕内号角声。）

忒修斯、希波吕忒、伊吉斯及侍从等上。

忒修斯 你们中间谁去把猎奴唤来。我们已把五月节的仪式遵行，现在才只是清晨，我的爱人应当听一听猎犬的音乐。把它们放在西面的山谷里；快去把猎奴唤来。美丽的王后，让我们到山顶上去，领略着猎犬们的吠叫和山谷中的回声应和在一起的妙乐吧。

希波吕忒 我曾经同赫拉克勒斯和卡德摩斯一起在克里特林中行猎，他们用斯巴达的猎犬追赶着巨熊，那种雄壮的吠声我真是第一次听到，除了丛林之外，天空和群山，以及一切附近的区域，似乎混成了一片交互的呐喊。我从来不曾听见过那样谐美的喧声，那样悦耳的雷鸣。

忒修斯 我的猎犬也是斯巴达种，一样的颊肉下垂，一样的黄沙的毛色，它们的头上垂着两片挥拂晨露的耳朵，它们的膝骨是弯曲的，并且像忒萨利亚种的公牛一样喉头长着垂肉。它们在追逐时不很迅速，但它们的吠声彼此高下相应，就像钟声那样合调。无论在克里特、斯巴达或是忒萨利亚，都不曾有过这么一队猎狗，应和着猎人的号角和呼召，吠得这样好听，你听见了之后便可以自己判断。但是且慢！这些都是什么仙女？

伊吉斯 殿下，这儿躺着的是我的女儿，这是拉山德，这是狄米特律斯，这是海丽娜，——奈达老人的女儿。我不知道他们怎么都在这儿。

忒修斯 他们一定早起守五月节，因为闻知了我们的意旨，所以赶到这儿来参加我们的典礼。但是，伊吉斯，今天不是赫米娅应该决定她的选择的日子吗？

伊吉斯 是的，殿下。

忒修斯 去，叫猎奴们吹起号角来惊醒他们。（幕内号角及呐喊声；拉山德、狄米特律斯、赫米娅、海丽娜四人惊醒跳起）早安，朋友们！情人节[①]早已过去了，你们这一辈林鸟到现在才配起对吗？

拉山德 请殿下恕罪！（偕余人并跪下。）

① 据说众鸟于情人节择偶。

忒修斯 请你们站起来吧。我知道你们两人是对头冤家，怎么会变得这样和气，大家睡在一块儿，没有一点猜忌，再不怕敌人了呢？

拉山德 殿下，我现在还是糊里糊涂，不知道应当怎样回答您的问话，但是我敢发誓说我真的不知道怎么会在这儿，但是我想——我要说老实话，我现在记起来了，一点不错，我是和赫米娅一同到这儿来的，我们想要逃出雅典，避过了雅典法律的峻严，我们便可以——

伊吉斯 够了，够了，殿下，话已经说得够了。我要求依法，依法惩办他。他们打算，他们打算逃走，狄米特律斯，他们打算用那种手段欺弄我们，使你的妻子落空，使我给你的允许也落空。

狄米特律斯 殿下，海丽娜告诉了我他们的出奔，告诉了我他们到这儿林中来的目的，我在盛怒之下追踪他们，同时海丽娜因为痴心的缘故也追踪着我。但是，殿下，我不知道一种什么力量——但一定是有一种力量——使我对于赫米娅的爱情会像霜雪一样溶解，现在想起来，就像回忆一段童年时所爱好的一件玩物一样，我一切的忠信、一切的心思、一切乐意的眼光，都是属于海丽娜一个人了。我在没有认识赫米娅之前，殿下，就已经和她订过盟约，但正如一个人在生病的时候一样，我厌弃着这一道珍馐，等到健康恢复，就会回复正常的胃口。现在我希求着她，珍爱着她，思慕着她，将要永远忠心于她。

忒修斯 俊美的恋人们，我们相遇得很巧，等会儿我们便可以再听你们把这段话讲下去。伊吉斯，你的意志只好屈服一下了，这两对少年不久便将跟我们一起在神庙中缔结永久的鸳盟。现在清晨快将过去，我们本来准备的行猎只好中止。跟我们一起到雅典去吧，三三成对地，我们将要大张盛宴。来，希波吕忒。（忒修斯、希波吕忒、伊吉斯及侍从下。）

狄米特律斯 这些事情似乎微细而无从捉摸，好像化为云雾的远山一样。

赫米娅 我觉得好像这些事情我都用昏花的眼睛看

着，一切都化作了层叠的两重似的。

海丽娜 我也是这样想。我得到了狄米特律斯，像是得到了一颗宝石，好像是我自己的，又好像不是我自己的。

狄米特律斯 你们真能断定我们现在是醒着吗？我觉得我们还是在睡着做梦。你们是不是以为公爵方才在这儿，叫我们跟他走吗？

赫米娅 是的，我的父亲也在。

海丽娜 还有希波吕忒。

拉山德 他确曾叫我们跟他到神庙里去。

狄米特律斯 那么我们真的已经醒了。让我们跟着他走，一路上讲着我们的梦。（同下。）

波顿 （醒）轮到咱说尾白的时候，请你们叫咱一声，咱就会答应，咱下面的一句是："最美丽的皮拉摩斯。"喂！喂！彼得·昆斯！弗鲁特，修风箱的！斯诺特，补锅子的！斯塔佛林！他妈的！悄悄地溜走了，把咱撇下在这儿一个人睡觉吗？咱看见了一个奇怪得了不得的幻象，咱做了一个梦。没有人说得出那是怎样的一个梦，要是谁想把这个梦解释一下，那他一定是一头驴子。咱好像是——没有人说得出那是什么东西，咱好像是——咱好像有——但要是谁敢说出来咱好像有什么东西，那他一定是一个蠢材。咱那个梦啊，人们的眼睛从来没有听到过，人们的耳朵从来没有看见过，人们的手也尝不出来是什么味道，人们的舌头也想不出来是什么道理，人们的心也说不出来究竟那是怎样的一个梦。咱要叫彼得·昆斯给咱写一首歌儿咏一下这个梦，题目就叫作“波顿的梦”，因为这个梦可没有个底儿，咱要在演完戏之后当着公爵大人的面前唱这个歌——或者更好些，还是等咱死了之后再唱吧。（下。）

第二场

雅典。昆斯家中

昆斯、弗鲁特、斯诺特、斯塔佛林上。

昆斯 你们差人到波顿家里去过了吗？他还没有回家吗？

斯塔佛林 一点消息都没有。他准是给妖精拐了去了。

弗鲁特 要是他不回来，那么咱们的戏就要搁起来啦，它不能再演下去，是不是？

昆斯 那当然演不下去啰，整个雅典城里除了他之外就没有第二个人可以演皮拉摩斯。

弗鲁特 谁也演不了，他在雅典手艺人中间简直是最聪明的一个。

昆斯 对，而且也是顶好的人，他有一副好喉咙，吊起膀子来真是顶呱呱的。

弗鲁特 你说错了，你应当说“吊嗓子”。吊膀子，老天爷！那是一件难为情的事。

斯纳格上。

斯纳格 列位，公爵大人刚从神庙里出来，还有两三位贵人和小姐们也在同时结了婚。要是咱们的玩意儿能够干下去，咱们一定大家都有好处。

弗鲁特 哎呀，可爱的波顿好家伙！他从此就不能再拿到六便士一天的恩俸了。他准可以拿到六便士一天的。咱可以赌咒公爵大人见了他扮演皮拉摩斯，一定会赏给他六便士一天。他应该可以拿到六便士一天的，扮演了皮拉摩斯，应该拿六便士一天，少一个子儿都不行。

波顿上。

波顿 孩儿们在什么地方？心肝们在什么地方？

昆斯 波顿！哎呀，顶好顶好的日子，顶吉利顶吉利的时辰！

波顿 列位，咱要讲古怪事儿给你们听，可不许问咱什么事，要是咱对你们说了，咱不算是真的雅典人。咱要把一切全都告诉你们，一个字也不漏掉。

昆斯　　讲给咱们听吧，好波顿。

波顿　　关于咱自己的事可一个字也不能告诉你们。咱要报告给你们知道的是，公爵大人已经用过正餐了。把你们的行头收拾起来，胡须上要用坚牢的穿绳，舞靴上要结簇新的缎带，立刻在宫门前集合。各人温熟了自己的台词，总而言之一句话，咱们的戏已经送上去了。无论如何，可得叫提斯柏穿一件干净一点的衬衫，还有扮演狮子的那位别把指甲铰掉，因为那是要露出在外面当作狮子的脚爪的。顶要紧的，列位老板们，别吃洋葱和大蒜，因为咱们可不能把人家熏倒胃口，咱一定会听见他们说："这是一出香甜的喜剧。"完了，去吧！去吧！（同下。）

第五幕

第一场

雅典。忒修斯宫中

忒修斯、希波吕忒、菲劳斯特莱特及大臣侍从等上。

希波吕忒 忒修斯，这些恋人们所说的话真是奇怪得很。

忒修斯 奇怪得不像会是真实。我永不相信这种古怪的传说和胡扯的神话。情人们和疯子们都富于纷乱的思想和成形的幻觉，他们所理会到的永远不是冷静的理智所能充分了解。疯子、情人和诗人，都是幻想的产儿：疯子眼中所见的鬼，多过于广大的地狱所能容纳；情人，同样是那么疯狂，能从埃及人的黑脸上看见海伦的美貌；诗人的眼睛在神奇的狂放的一转中，便能从天上看到地下，从地下看到天上。想象会把不知名的事物用一种形式呈现出来，诗人的笔再使它们具有如实的形象，空虚的无物也会有了居处和名字。强烈的想象往往具有这种本领，只要一领略到一些快乐，就会相信那种快乐的背后有一个赐予的人，夜间一转到恐惧的念头，一株灌木一下子便会变成一头熊。

希波吕忒 但他们所说的一夜间全部的经历，以及他们大家心理上都受到同样影响的一件事实，可以证明那不会是幻想。虽然那故事是怪异而惊人，却并不令人不能置信。

忒修斯 这一班恋人们高高兴兴地来了。

拉山德、狄米特律斯、赫米娅、海丽娜上。

忒修斯 恭喜，好朋友们！恭喜！愿你们心灵里永远享受着没有荫翳的爱情日子！

拉山德 愿更大的幸福永远追随着殿下的起居！

忒修斯 来，我们应当用什么假面剧或是舞蹈来消磨在尾餐和就寝之间的三点钟悠长的时光呢？我们一向掌管戏乐的人在哪里？有哪几种余兴准备着？有没有一出戏剧可以祛除难挨的时辰里按捺不住的焦灼呢？叫菲劳斯特莱特过来。

菲劳斯特莱特 有，伟大的忒修斯。

忒修斯 说，你有些什么可以缩短这黄昏的节目？有些什么假面剧？有些什么音乐？要是一点娱乐都没有，我们怎么把这迟迟的时间消度过去呢？

菲劳斯特莱特 这儿是一张预备好的各种戏目的单子，请殿下自己拣选哪一项先来。（呈上单子。）

忒修斯 “与马人作战，由一个雅典太监和竖琴而唱”。那个我们不要听，我已经告诉过我的爱人这一段表彰我的姻兄赫拉克勒斯武功的故事了。“醉酒者之狂暴，特刺刻歌人惨遭肢裂的始末。”那是老调，当我上次征服忒拜凯旋回来的时候就已经表演过了。“九缪斯神痛悼学术的沦亡”。那是一段犀利尖刻的讽刺，不适合于婚礼时的表演。“关于年轻的皮拉摩斯及其爱人提斯柏的冗长的短戏，非常悲哀的趣剧”。悲哀的趣剧！冗长的短戏！那简直是说灼热的冰，发烧的雪。这种矛盾怎么能调和起来呢？

菲劳斯特莱特 殿下，一出一共只有十来个字那么长的戏，当然是再短没有了，然而即使只有十个字，也会嫌太长，叫人看了厌倦，因为在全剧之中，没有一个字是用得恰当的，没有一个演员是支配得恰如其分的。那本戏的确很悲哀，殿下，因为皮拉摩斯在戏里要把自己杀死。可是我看他们预演那一场的时候，我得承认确曾使我的眼中充满了眼泪，但那些泪都是在纵声大笑的时候忍俊不住而流下来的，再没有人流过比那更开心的泪水了。

忒修斯 扮演这戏的是些什么人呢？

菲劳斯特莱特 都是在这雅典城里做工过活的胼手胝足的汉子。他们从来不曾用过头脑，今番为了准备参加殿下的婚礼，才辛辛苦苦地把这本戏记诵起来。

忒修斯 好，就让我们听一下吧。

菲劳斯特莱特 不，殿下，那是不配烦渎您的耳朵的。我已经听完过他们一次，简直一无足取，除非您嘉纳他们的一片诚心和苦苦背诵的辛勤。

忒修斯　我要把那本戏听一次，因为纯朴和忠诚所呈献的礼物，总是可取的。去把他们带来。各位夫人女士们，大家请坐下。（菲劳斯特莱特下。）

希波吕忒　我不欢喜看见微贱的人做他们力量所不及的事，忠诚因为努力的狂妄而变成毫无价值。

忒修斯　啊，亲爱的，你不会看见他们糟到那地步。

希波吕忒　他说他们根本不会演戏。

忒修斯　那更显得我们的宽宏大度，虽然他们的劳力毫无价值，他们仍能得到我们的嘉纳。我们可以把他们的错误作为取笑的资料。我们不必较量他们那可怜的忠诚所不能达到的成就，而该重视他们的辛勤。凡是我所到的地方，那些有学问的人都预先准备好欢迎辞迎接我，但是一看见了我，便发抖、脸色变白，句子没有说完便中途顿住，背熟了的话梗在喉中，吓得说不出来，结果是一句欢迎我的话都没有说。相信我，亲爱的，从这种无言中我却领受了他们一片欢迎的诚意。在诚惶诚恐的忠诚的畏怯上表示出来的意味，并不少于一条娓娓动听的辩舌和无所忌惮的口才。因此，爱人，照我所能观察到的，无言的纯朴所表示的情感，才是最丰富的。

菲劳斯特莱特重上。

菲劳斯特莱特 请殿下吩咐，念开场诗的预备登场了。

忒修斯 让他上来吧。(喇叭奏花腔。)

昆斯上，念开场诗。

昆斯 要是咱们，得罪了请原谅。
咱们本来是，一片的好意，
想要显一显。薄薄的伎俩，
那才是咱们原来的本意。
因此列位咱们到这儿来。
为的要让列位欢笑欢笑，
否则就是不曾。到这儿来，
如果咱们。惹动列位气恼。
一个个演员，都将，要登场，
你们可以仔细听个端详。

忒修斯 这家伙简直乱来。

拉山德 他念他的开场诗就像骑一头顽劣的小马一样，乱冲乱撞，该停的地方不停，不该停的地方偏偏停下。殿下，这是一个好教训：单是会讲话不能算数，要讲话总该讲得像个路数。

希波吕忒　真的，他就像一个小孩子学吹笛，呜哩呜哩了一下，可是全不入调。

忒修斯　他的话像是一段纠缠在一起的链索，并没有欠缺，可是全弄乱了。跟着是谁登场呢？

皮拉摩斯及提斯柏、墙、月光、狮子上。

昆斯　列位大人，也许你们会奇怪这一班人跑出来干吗。尽管奇怪吧，自然而然地你们总会明白过来。这个人是皮拉摩斯，要是你们想要知道的话。这位美丽的姑娘不用说便是提斯柏啦。这个人身上涂着石灰和黏土，是代表墙头的，那堵隔开这两个情人的坏墙头。他们这两个可怜的人只好在墙缝里低声谈话，这是要请大家明白的。这个人提着灯笼，牵着犬，拿着柴枝，是代表月亮，因为你们要知道，这两个情人觉得在月光底下到尼纳斯的坟头见面谈情倒也不坏。这一头可怕的畜生名叫狮子，那晚上忠实的提斯柏先到约会的地方，给它吓跑了，或者不如说是被它惊走了。她在逃走的时候脱落了她的外套，那件外套因为给那恶狮子咬住在它那张血嘴里，所以沾满了血斑。隔了不久，皮拉摩斯，那个高个儿的美少年，也来了，一见他那忠实的提斯柏的外套躺在地上死了，便赤楞楞的一声拔出一把血淋淋的该死的剑来，对准他那热辣辣的胸脯里豁拉拉地刺了进去。那时提斯柏却躲在桑树的树荫里，等到她发现了这回事，便把他身上的剑拔出来，结果了她自己的性命。至于其余的一切，可以让狮子、月光、墙头和两个情人详详细细地告诉你们，当他们上场的时候。（昆斯及皮拉摩斯、提斯柏、狮子、月光同下。）

忒修斯 我不知道狮子要不要说话。

狄米特律斯 殿下，这可不用怀疑，要是一班驴子都会讲人话，狮子当然也会说话啦。

墙 小子斯诺特是也，在这本戏文里扮作墙头，须知此墙不是他墙，乃是一堵有裂缝的墙，凑着那条裂缝，皮拉摩斯和提斯柏两个情人常常偷偷地低声谈话。这一把石灰、这一撮黏土、这一块砖头，表明咱是一堵真正的墙头，并非滑头冒牌之流。这便是那条从右到左的缝儿，这两个胆小的情人就在那儿谈着知心话儿。

忒修斯 石灰和泥土筑成的东西，居然这样会说话，难得难得！

狄米特律斯 殿下，我从来也不曾听见过一堵墙居然能说出这样俏皮的话来。

忒修斯 皮拉摩斯走近墙边来了。静听！

皮拉摩斯重上。

皮拉摩斯 板着脸孔的夜啊！漆黑的夜啊！

夜啊，白天一去，你就来啦！

夜啊！夜啊！哎呀！哎呀！哎呀！

咱担心咱的提斯柏要失约啦！

墙啊！亲爱的、可爱的墙啊！

你硬生生地隔开了咱们两人的家！

墙啊！亲爱的，可爱的墙啊！

露出你的裂缝，让咱向里头瞧瞧吧！（墙

举手叠指作裂缝状）

谢谢你，殷勤的墙！上帝大大保佑你！
但是咱瞧见些什么呢？咱瞧不见伊。
刁恶的墙啊！不让咱瞧见可爱的伊；
愿你倒霉吧，因为你竟这样把咱欺！

忒修斯 这墙并不是没有知觉的，我想他应当反骂一下。

皮拉摩斯 没有的事，殿下，真的，他不能。“把咱欺”是该提斯柏接下去的尾白，她现在就要上场啦，咱就要在墙缝里看她。你们瞧着吧，下面做下去正跟咱告诉你们的完全一样。那边她来啦。

提斯柏重上。

提斯柏 墙啊！你常常听得见咱的呻吟，
怨你生生把咱共他两两分拆！
咱的樱唇常跟你的砖石亲吻，
你那用泥泥胶得紧紧的砖石。

皮拉摩斯 咱瞧见一个声音，让咱去望望，
不知可能听见提斯柏的脸庞。
提斯柏！

提斯柏 你是咱的好人儿，咱想。

皮拉摩斯　尽你想吧，咱是你风流的情郎。

好像里芒德，咱此心永无变更。

提斯柏　咱就像海伦，到死也决不变心。

皮拉摩斯　沙发勒斯对待普洛克勒斯不过如此。

提斯柏　你就是普洛克勒斯，咱就是沙发勒斯。

皮拉摩斯　啊，在这堵万恶的墙缝中请给咱一吻！

提斯柏　咱吻着墙缝，可全然吻不到你的嘴唇。

皮拉摩斯　你肯不肯到宁尼的坟头去跟咱相聚？

提斯柏　活也好，死也好，咱一准立刻动身前去。

（二人下。）

墙　现在咱已把墙头扮好，

因此咱便要拔脚跑了。（下。）

忒修斯　现在隔在这两户人家之间的墙头已经倒下了。

狄米特律斯　殿下，墙头要是都像这样随随便便偷听人家的谈话，可真没法好想。

希波吕忒　我从来没有听到过比这再蠢的东西。

忒修斯　最好的戏剧也不过是人生的一个缩影，最坏的只要用想象补足一下，也就不会坏到什么地方去。

希波吕忒　那该是靠你的想象，而不是靠他们的想象。

忒修斯 要是他们在我们的想象里并不比在他们自己的想象里更坏，那么他们也可以算得顶好的人了。两个好东西登场了，一个是人，一个是狮子。

狮子及月光重上。

狮子 各位太太小姐们，你们那柔弱的心一见了地板上爬着的一头顶小的老鼠就会害怕，现在看见一头凶暴的狮子发狂地怒吼，多少要发起抖来吧？但是请你们放心，咱实在是细木工匠斯纳格，既不是凶猛的公狮，也不是一头母狮，要是咱真的是一头狮子冲到了这儿，那咱才大倒其霉！

忒修斯 一头非常善良的畜生，有一颗好良心。

狄米特律斯 殿下，这是我所看见过的最好的畜生了。

拉山德 这头狮子按勇气说只好算是一只狐狸。

忒修斯 对了，而且按他那小心翼翼的样子说起来倒像是一只鹅。

狄米特律斯 可不能那么说，殿下，因为他的“勇气”还敌不过他的“小心”，可是一头狐狸却能把一只鹅拖了走。

忒修斯　我肯定说，他的“小心”推不动他的“勇气”，就像一只鹅拖不动一头狐狸。好，别管他吧，让我们听月亮说话。

月光　这盏灯笼代表着角儿弯弯的新月——

狄米特律斯　他应当把角装在头上。

忒修斯　他并不是新月，圆圆的哪里有个角儿?

月光　这盏灯笼代表着角儿弯弯的新月，咱好像就是月亮里的仙人。

忒修斯　这该是最大的错误了。应该把这个人放进灯笼里去，否则他怎么会是月亮里的仙人呢?

狄米特律斯　他因为怕烛火要恼火，所以不敢进去。

希波吕忒　这月亮真使我厌倦，他应该变化变化才好!

忒修斯　照他那昏昏沉沉的样子看起来，他大概是一个残月，但是为着礼貌和一切的理由，我们得忍耐一下。

拉山德　说下去，月亮。

月光　总而言之，咱要告诉你们的是，这灯笼便是月亮，咱便是月亮里的仙人，这柴枝是咱的柴枝，这狗是咱的狗。

狄米特律斯　嗨，这些都应该放进灯笼里去才对，因为它们都是在月亮里的。但是静些，提斯柏来了。

提斯柏重上。

提斯柏　这是宁尼老人的坟。咱的好人儿呢？

狮子　（吼）呜！——（提斯柏奔下。）

狄米特律斯　吼得好，狮子！

忒修斯　奔得好，提斯柏！

希波吕忒　照得好，月亮！真的，月亮照得姿势很好。（狮子撕破提斯柏的外套后下。）

忒修斯　撕得好，狮子！

狄米特律斯　于是皮拉摩斯来了。

拉山德　于是狮子不见了。

皮拉摩斯重上。

皮拉摩斯　可爱的月亮，咱多谢你的阳光，
谢谢你，因为你照得这么皎洁！
靠着你那慈和的闪烁的金光，
咱将要饱餐着提斯柏的秀色。
但是且住，啊该死！
瞧哪，可怜的骑士，
这是一场什么惨景！
眼睛，你看不看见？

这种事怎会出现？
可爱的宝贝啊，亲亲！
你的好外套一件，
怎么全都是血点？
过来吧，狰狞的凶神！
快把生命的羁缠
从此后一刀割断，
今朝咱了结了残生！

忒修斯 这一种情感再加上一个好朋友的死，很可以使一个人脸带愁容。

希波吕忒 该死！我倒真有点可怜这个人。

皮拉摩斯 苍天啊！你为什么要造下狮子，
让它在这里蹂躏了咱的爱人？
她在一切活着爱着的人中，是
一个最美最美最最美的美人。
淋漓地流吧，眼泪！
咱要把宝剑一挥，
当着咱的胸头划破：
一剑刺过了左胸，
叫心儿莫再跳动，
这样咱就死啰死啰！ （以剑自刺）

现在咱已经身死，

现在咱已经去世，

咱灵魂儿升到天堂；

太阳，不要再照耀！

月亮，给咱拔脚跑！（月光下）

咱已一命、一命丧亡。（死。）

狄米特律斯　不是双亡，是单亡，因为他是孤零零地死去。

拉山德　他现在死去，不但成不了双，而且成不了单，他已经变成“没有”啦。

忒修斯　要是就去请外科医生来，也许还可以把他医活转来，叫他做一头驴子。

希波吕忒　提斯柏还要回来找她的情人，月亮怎么这样性急，这会儿就走了呢？

忒修斯　她可以在星光底下看见他的，现在她来了。她再痛哭流涕一下子，戏文也就完了。

提斯柏重上。

希波吕忒　我想对于这样一个宝货皮拉摩斯，她可以不必浪费口舌，我希望她说得短一点儿。

狄米特律斯　她跟皮拉摩斯较量起来真是半斤八两。上帝保佑我们不要嫁到这种男人，也保佑我们不要娶着这种妻子！

拉山德 她那秋波已经看见他了。

狄米特律斯 于是悲声而言曰——

提斯柏 睡着了吗，好人儿？

啊！死了，咱的鸽子？

皮拉摩斯啊，快醒醒！

说呀！说呀！哑了吗？

唉，死了！一堆黄沙

将要盖住你的美睛。

嘴唇像百合花开，

鼻子像樱桃可爱，

黄花像是你的脸孔，

一齐消失、消失了，

有情人同声哀悼！

他眼睛绿得像青葱。

命运女神三姐妹，

快快到我这里来，

伸出你玉手像白面，

伸进血里泡一泡——

既然咔擦一剪刀，

你割断他的生命线。

舌头，不许再多言！

凭着这一柄好剑，

赶快把咱胸膛刺穿。（以剑自刺）

再会，我的朋友们！

提斯柏已经毕命，

再见吧，再见吧，再见！（死。）

忒修斯 他们的葬事要让月亮和狮子来料理了吧？

狄米特律斯 是的，还有墙头。

波顿 （跳起）不，咱对你们说，那堵隔开他们两家的墙早已经倒了。你们要不要瞧瞧收场诗，或者听一场咱们两个伙计的贝格摩舞？

忒修斯 请把收场诗免了吧，因为你们的戏剧无须再请求人家原谅，扮戏的人一个个死了，我们还能责怪谁不成？真的，要是写那本戏的人自己来扮皮拉摩斯，把他自己吊死在提斯柏的袜带上，那倒真是一出绝妙的悲剧。实在你们这次演得很不错。现在把你们的收场诗搁在一旁，还是跳起你们的贝格摩舞来吧。（跳舞）夜钟已经敲过了十二点，恋人们，睡觉去吧，现在已经差不多是神仙们游戏的时间了。我担心我们明天早晨会起不来，因为今天晚上睡得太迟。这出粗劣的戏剧却使我们不觉把冗长的时间打发走了。好朋友们，去睡吧。我们要用半月工夫把这喜庆延续，夜夜有不同的欢乐。（众下。）

第二场

同前

迫克上。

迫克　　饿狮在高声咆哮，
豺狼在向月长嗥，
农夫们鼾息沉沉，
完毕一天的辛勤。
火把还留着残红，
鸱鸮叫得人胆战，
传进愁人的耳中，
仿佛见殓衾飘飐。
现在夜已经深深，
坟墓都裂开大口，
吐出了百千幽灵，
荒野里四散奔走。

我们跟着赫卡忒，
离开了阳光赫奕，
像一场梦境幽凄，
追随黑暗的踪迹。
且把这吉屋打扫，
供大家一场欢闹。
驱走扰人的小鼠，
还得揩干净门户。

奥布朗、提泰妮娅及侍从等上。

奥布朗 屋中消沉的火星
微微地尚在闪耀；
跳跃着每个精灵
像花枝上的小鸟；
随我唱一支曲调，
一齐轻轻地舞蹈。

提泰妮娅 先要把歌儿练熟，
每个字玉润珠圆；
然后齐声唱祝福，
手携手缥缈回旋。（歌舞。）

奥布朗 趁东方尚未发白，
让我们满屋溜达；

先去看一看新床，
祝福它吉利祯祥。
这三对新婚伉俪，
愿他们永无离贰；
生下男孩和女娃，
无妄无灾福气大；
一个个相貌堂堂，
没有一点儿破相；
不生黑痣不缺唇，
更没有半点瘢痕。
凡是不祥的胎记，
不会在身上发现。
用这神圣的野露，
你们去浇洒门户，
祝福屋子的主人，
永享着福禄康宁。
快快去，莫犹豫，
天明时我们重聚。（除迫克外皆下。）

迫克 （向观众）要是我们这辈影子
有拂了诸位的尊意，
就请你们这样思量，

一切便可得到补偿：

这种种幻景的显现，

不过是梦中的妄念；

这一段无聊的情节，

真同诞梦一样无力。

先生们，请不要见笑！

倘蒙原宥，定当补报。

万一我们幸而免脱

这一遭嘘嘘的指斥，

我们决不忘记大恩，

迫克生平不会骗人。

否则尽管骂我混蛋。

我迫克祝大家晚安。

再会了！肯赏个脸儿的话，

就请拍两下手，多谢多谢！（下。）

图书在版编目（CIP）数据

仲夏夜之梦 /（英）威廉·莎士比亚著；朱生豪译 .
—北京：作家出版社，2019.4（2020.5 重印）
（作家经典文库）
ISBN 978-7-5063-9967-8

Ⅰ. ①仲…　Ⅱ. ①威…　②朱…　Ⅲ. ①喜剧—剧本—英国—中世纪　Ⅳ. ① I561.33

中国版本图书馆 CIP 数据核字（2018）第 059780 号

仲夏夜之梦

作　　者：（英）威廉·莎士比亚
译　　者： 朱生豪
责任编辑： 省登宇
装帧设计： 任凌云
出版发行： 作家出版社有限公司
社　　址： 北京农展馆南里 10 号　　**邮　　编：** 100125
电话传真： 86-10-65067186（发行中心及邮购部）
86-10-65004079（总编室）
E-mail:zuojia @ zuojia.net.cn
http://www.zuojiachubanshe.com（作家在线）
印　　刷： 北京中科印刷有限公司
成品尺寸： 127 × 195
字　　数： 90 千
印　　张： 4
版　　次： 2019 年 4 月第 1 版
印　　次： 2020 年 5 月第 3 次印刷
ISBN 978-7-5063-9967-8
定　　价： 32.00 元